当时只道是寻常

王帅 著

作家出版社

送给五十岁的当下

目　录

辑　四

序

洪治纲

　　一直很喜欢王帅的文字。情深，言简，意长。怀想与灵性并举，诙谐与自嘲齐飞。前几年，他就满怀深情地写了一册《她们》，送给他的双胞胎女儿，或记录成长，或追忆往事，或偶作自嘲，极简的文字背后，爱意却力透纸背，宛如古器上的包浆，纯厚而铮亮。近期，他又将公众号"天使望故乡"上的文章结集成书，以此表达自己开始进入"王副官"生涯的别样情怀。读这些文字，用一句哲学的话说，可以看到王帅作为一个自由主体的全部心性，敞亮，率性，达观，全身心地拥抱着这个世界。大到江湖风云中的快意恩仇，小到俗世生活里的捉鱼捞虾，他都拥有足够的好奇之心，且都能为之痴迷和陶醉。

这很有意思。它让人想起文艺心理学中的所谓"童心说"——大凡热爱写作的人，都拥有一颗永不泯灭的童心。这种童心，说穿了，就是有点儿天真，有点儿超然，又有点儿生趣，既可以独乐乐，也可以乐众人之乐，绝非只是"鹅鹅鹅，曲项向天歌"。实事求是地说，王帅的文字里确实渗透着一颗童心。他对于规整的现实似乎有着天生的反感，对于既定的秩序有着满腔的解构热情，所以他的行文经常是跳跃的，像一个漫游乡间的寂寞少年，一路上左转右拐，爬沟跳坎，很少有正经走路的姿态。人们说，文章要形散而神不散，但我读王帅的文字，总感到其形散，其神也散。信马由缰，浮想不辍，遐思翩翩，令人玩味。

譬如，有篇文章叫作《我一直都在想搞明白自己》。这是一个怎么看都很严肃、很哲学的题目，但在王帅的笔下，既有对待约稿要求的心态，又有处理工作的方式，既有打探家族历史的执念，还有和女儿一起抓鱼捕虾的乐趣，同时还不忘嘲讽一下岳庙里跪着的女性"胸部都被摸得发亮"。她很像一盘家烧小海鲜，鲳鱼、小黄鱼、蛏子、水潺、虾，等等，尽在其中。他确实是想搞明白自己吗？好像是，好像又不是。他似乎想借助一个个他者来认识自己，试图建构出一个相对清晰完整的自我，但结果是，每位他者都为他提供了一个不同的侧面，最终让他成了"明白人，糊涂蛋"。当然，他希望自己努力把这个"蛋"画得更圆一些，其嘲解心态，可谓昭然。

这种童心，最突出的，还是表现在他的情感表达上。我以为，这是其文字里最耀眼的东西，是《红灯记》里李铁梅举着的那盏马灯，也是义军攻占高地之后插上的一面大旗，十分惹眼，而且令人心动。这也呼应了朱光潜所说的"一切艺术都是抒情的"，

"不表现任何情致的文字就不算是文学作品"之论断。譬如，他念念不忘上大学时，在火车上分给他半张报纸垫屁股的同学（《永远不散的宴席》）；他深情回望济南文化西路的鸭架子，以及把鸭架子的汤喝得一滴不剩的弟兄们（《幸福是副鸭架子》）；他怅然追忆曾经陪伴自己的猫狗以及像丁香一样的女同事（《当时只道是寻常》）……这些鲜活生动的细节，足以见出王帅是一个至纯至真的人，也是一个内心柔软的人。当然，在这些情感中，最令人动容的，还是他抒写血缘之情的文字，尤其是回忆母亲或记录女儿的篇章，像《慈母手中线》《赵忠秋剪纸》《春风最随美人意》《我在新加坡做厨神》等，温婉缠绵，仿佛他那七尺男儿的躯体里，永远藏着一颗贾宝玉式的心魂。

董桥说，文字是肉做的。好的文字，确实如鲜活饱满的血肉之躯，可以让人感受到生命内在的脉跳。无情未必真豪杰，情深如何不丈夫。情感是生命的源泉，亦是人们赖以生存的坚实依靠。作为一个中年男人，王帅对情感的控制已经很努力了，但他的文章里里外外，仍然灌注着浓浓的情感。曾因酒醉鞭名马，自古多情累男儿。纵有一千种生活方式适合于王帅，但他独独不舍弃写作，盖情之所需也。

但王帅毕竟是一个社会中人，离不开现实社会的功绩主体。按照他在《王副官的退休生活》中的说法，他通常早上五点起床，上班之前就完成了作为功绩主体的各种任务，等到同事们上班，开始向各自的功绩发起冲锋，他则"无所事事"，成为一个自由的主体。事实肯定没他说的那么轻松。作为阿里巴巴的公关老总，他毕竟要应对无数的突发性难题。《我在阿里二十年》《好的和不好的都是自然的存在》《生活爱傻瓜》《英语敌人英语故人及英语友人》等，都折射了他在功绩社会里的打拼状态，表面上看似嬉笑自如，玩世自嘲，实则背后所经历的刀光剑影、枪林弹雨，可谓一江浩波向东流。"我从来不害怕挑战，我知道挑战成就了我。"这是王帅作为功绩主体的人生宣言，当然，也是无数勇猛之士所秉持的人生信条。

人们有理由推崇作为功绩主体的帅总，但我还是更喜欢作为自由主体的王帅。因为在那里，有"男人哭吧哭吧哭吧"之类老顽童式的歌声，有酥软无骨之女儿奴式的眷眷之情，还有极为丰饶的"智慧外溢"的幽默与自嘲。

辑 一

当时只道是寻常

　　我和我的花猫，是睡在一起的。她在我的怀里很暖和。等我睡醒的时候，她经常在我边上，戏弄捉来的老鼠，隔三岔五，我起来一摸，枕边都是麻雀的羽毛。

　　我可睡得真踏实。

　　有一天她回来的时候，样子疲惫极了，躺在我身边，身体慢慢就凉下来了。她是捉老鼠的高手，但那天她误吃了别人捕老鼠的诱饵。

　　从此我不再养猫。

　　我的黑狗是我的跟屁虫。每天早上跟我出门，我上学之后，他就在家门口那条路上，蹲着等我。我吃饭的时候，他就眼巴巴地看着我，我总是留下一块，给他吃。地瓜吃过，玉米吃过，白面馒头吃过，鸡蛋糕吃过。我吃过啥，他就吃过啥。

有一天他老了，不用吃了。从此我不再养狗。

夏天纳凉的时候，我就躺在席子上看星星，夜凉如水，流萤时常掠过，我慢慢就会睡过去。那时候的梦是流水一样，梦里星群密布。

有时候村里会放电影。村里人拿着板凳马扎，等到天黑下来的时候，广场就热闹起来，我偷偷跑回家，找出妈妈藏好的白糖，用一大海碗盛上，再倒满凉水，飞快地喝完，幸福地睡着了。

早晨，妈妈拿着那个海碗给我看。半碗的白糖都没化，我喝得太急了，水喝了，白糖还没化。

我走路的时候，总会找一根树枝，在地上画着走路，像是排雷，其实是享受树枝在手里颤动的韵律。我路过草地，就会折一枝狗尾巴草，叼在嘴里，感觉青涩的味道，看山谷里的白云游荡。

我在这田野里，一点都不感到孤单。也许有一点寂寞吧，你跟寂寞熟悉了，寂寞就是嘴巴里青草的味道。

晚上飞机路过屋顶，我就会打开窗户，看飞机的灯光，五颜六色的，闪烁明亮，直到看不见为止。

我曾经在济南的大观园，看了一晚上的霓虹灯，我知道了火树银花原来如此，但家乡山谷里的野花，一样美丽，而且她们有各种的香气，还混杂着阳光晒过的泥土味道。

我到北京的时候，经常和一个小女孩一起值夜班。我写新闻，她做图片。后来公司被收购了，她说，抽了你半年的二手烟，而且你就不会抽一点好一点的烟吗，这半年被熏老了。

怎么会呢？我背过很多戴望舒的诗，她是有丁香一样的颜色，丁香一样的芬芳，丁香一样的忧愁。丁香的花香，淡淡的，但是穿透力强。丁香一样的姑娘，不会在雨中哀怨，哀怨又彷徨。那个姑娘一样有丁香的香和坚强，面如满月，心如止水，烟熏不老。

每当下雨的时候，我就特别开心。我会折最大的那种梧桐树叶，光着屁股，到处乱跑。我感觉自己在上幼儿园之前，一直是光着屁股的，随时找个高度，滋得更高更远，滋出一条完美的抛物线。

我在雨中，走过千佛山，流水顺着山体，哗哗地流淌下来，像千佛的咏唱。在山工大，有一架紫藤，雨水中的紫藤，娇艳欲滴，她的花看起来是甜甜的模样。雨水是温暖的，衣服湿透了，贴在身上，而雨水又跟朦胧的幕布一样，把世界还原成干净的想象。

我早早地就给女儿买好了小雨鞋，带斑点的小花雨衣。我带她们淋雨，踩各种水坑。雨水溅起，如她们的笑声，风铃一样。她们在雨水的世界里奔跑，像闪动着翅膀的七彩小瓢虫，像移动的红蘑菇，一直生长到森林的最中央。

　　后来她们就去了雨水最为充沛的热带雨林。她们去了哥斯达黎加。她们贴着额头的湿透的头发，跟在我眼前一样。而她们的眼前，跟之前的是不一样的。她们会看很多不一样的东西，慢慢地，她们就会学会，在不一样的东西里，找到一样的所在。

　　她们去草原的时候，看到大块大块的草地，在大块大块的草地之上，是大块大块流动的云彩，她们看到大群大群的牛羊，女儿说，羊是小颗粒，牛是小方块，马是小三角。

　　她们也喜欢猫。其中一只叫王小二，一只叫果冻。她们爱抚着小猫，像抱着亲爱的小娃娃。她们有各种的猫粮，每次出门都会带上，这里撒一点，那里撒一点，园区的猫就不会饿着。

　　这都是这五十年间发生的事情，未来还会继续发生。开心的事情很多，不开心的事情也不会少，莫名其妙的事情，也会莫名其妙地发生。但是你看，这么多的事情，花会开，雨水会下，丁香的香气久久都没有散去，所以我们不用担心孤单，我们或许会有一点寂寞，但你跟寂寞会越来越熟悉，寂寞就是甜甜的雨水中的紫藤花。

这些年的雨水，成为我的心里一条不停流淌的河。顺着这条河流，我找到命运指引的方向，她会带我去我该去的地方。这条河流霞光一片。有粼粼波光，有冷冷的风，有朝开夕灭的木槿无穷花，有蜂巢一样的绣球无尽夏。

今天早晨，我又早早地醒了，我想起很多事情。房间很安静，等我写完这篇文章的时候，我会起床，我会跟人交流，我会下楼走入杭州的初夏。

没有人知道自己寂不寂寞，当作不寂寞，那就不寂寞，一切都很寻常。

当年寻常，当下寻常，只是当时已惘然。

赵忠秋剪纸

　　去年的这个时候，大姐突然发给我一些照片，那是妈妈留下的剪纸。她说，这些还是交给她的儿子保管吧。

　　我到公司后，想起来自己之前一首没有写完的诗，拿出来写完了。我想，她可能是想我了，也不希望我太懒惰。我应该起床去工作。

　　随后我开始整理这些剪纸，并做了出版。一年后的今天，这本薄薄的册子印好了。

　　我希望能够跟大家分享我母亲的这些剪纸。美好的事物和感情，我想，都是互通的。

我给妈妈的剪纸写了一个说明。如下：

赵忠秋剪纸

这本剪纸是我妈妈赵忠秋剪的。

她心灵手巧。这些剪纸就是最好的证明。

我记得在我们的家里，一躺下，就能看到屋顶上面的剪纸，是蝙蝠。我每晚睡觉之前，都会看着这些蝙蝠，看到她们生动起来，就睡着了。

前段时间，我姐姐跟我说："妈妈当年的剪纸，我保存了，我还是把这些剪纸送给你吧。你看看妈妈当时的手啊，你说，她的手是多么巧啊。"

是啊，她的手多么巧。

1984年她去世了。这些剪纸，都是四十年前的事情了。

这些剪纸，我今天开始做一个整理。

或许有些人看到了，也会说："这是谁剪的啊，这么好看！"

是我妈妈剪的。

确实好看。

王帅

赵忠秋儿子

那天我写完的那组诗歌叫《十二章：献给我亲爱的妈妈》。我一直认为诗歌是最能精确表达个体情绪的文学载体。

1

妈妈　我恨这记忆　如影随形

时间真的如同流水

时间是湖畔的树影　是流萤

在流萤小小的光芒里

是流动　是你的婆娑　是你的凋落

2

妈妈　是什么时候　我爱上夕阳

夕阳是红叶的海洋　风永远是秋天

在夕照下面　秋天身后　是夜

从什么时候　我爱上这侵袭　爱上这覆盖

爱上这悄无声息的沉默

3

妈妈　我把一包烟抽完　到了早晨

一下子孤立无援　束手无策

我想有一个好的睡眠　漫长并且安静

但整个天空都是星星的碎片　冷静如雪花

让我的瞳孔再次紧缩

4

妈妈　多少次我想坐下来　跟你谈谈

这是我年轻时最艰难的一次谈判

时值清晨　夜晚透明

纯净的氧气和光透过东方

透过冰封的湖面　像冰洞　吸引窒息的鱼

5

妈妈　坦白地讲　你的离开使我迷恋女性

她们是珠帘遮掩的花朵　是哑谜

她们实在如你　虚幻如你

每每在晚上　月光照耀秋水

我看见沉默的回声　让我的花园永远空阔

6

妈妈　我觉得　世上的一切都有其质量

包括光　包括时间

光把所有的事物推倒成影子

然后时间把它带走

站在时间中心　光的下面　我的顺从如此被动

7

妈妈　放下手中的东西吧　让我靠你坐下

这么多年　死亡是你最大的收益

你看你永远年轻　而我却日渐衰老

这对谁都是一种诱惑　当然　除了死者

十岁之后　死亡诱惑着我　死亡对你早已绝望

8

妈妈　手把手　你来教我判断

你说这四季轮回　多么善变

可我总把握不好节奏

我往往觉得冬天这么久　春天应该要来了

然后像冬眠的蛇去迎接阳光

像扯出的底片　被世界以光的名义谋杀

9

妈妈　我不该抱怨　但你让我难过

你让我照常回家　说钥匙就在阳台上面

但路上我遇到一个女人　她全身酒香

她旋转着喇叭花的太阳裙

告诉我　一个人的死亡　绝对会改变另一个

人的生活

10

妈妈　总是在凌晨　又到凌晨

我还在寻找那些简单的词语　尽量简单

简单但要快乐　简单如一滴水映照天空

我看见整个海洋因为一滴水而干涸

我看见一滴水就冲垮了整个海洋

11

妈妈　这些年我经常去看你　你知道的

山谷里的风一吹　松树就会轻轻地摇动

我就在你面前　看着风吹动着树叶

如果树叶往左边一晃　应该是你知道了

如果树叶往右边一晃　应该是我知道了

12

妈妈　如果你经常来我梦里就会更好

可是你习惯待在家里　不愿意再走这么远

但我想你已经来过　走的时候把门关好了

你喜欢看我睡着的样子

跟出生时一模一样

是的　一切跟我们相见那天一模一样

你们看，四十年了，连我都已经五十岁，而她依然年轻。命运不会打扰任何一个不被打扰的人。

未来无论有多么久，她都会跟她的剪纸一样鲜亮。

慈母手中线

——写在赵忠秋剪纸展之前

今年春天，我请白谦慎先生给即将落成的"忠秋楼"，用小楷抄录了孟郊的诗：

游子吟

慈母手中线，游子身上衣。

临行密密缝，意恐迟迟归。

谁言寸草心，报得三春晖。

我是用白老师文静舒雅的书法，纪念我同样文静舒雅的妈妈，赵忠秋女士。

那个时候，我和我的爱人正在编辑我妈妈生前留下的剪纸。我妈妈心灵手巧，这些剪纸被姐姐保存得鲜亮如新。

她的两个孙女说，奶奶剪得真好看，妈妈，你看，奶奶的剪纸都不是对称的造型，好像拿起来一个东西随手就剪好了。

我希望有更多的人看到这些剪纸。我的朋友也对我妈妈的剪纸表达了同样的赞美。于是我有了在"忠秋楼"落成仪式这天，给她的这些剪纸做一个展览的念头。

我的妈妈赵忠秋女士今年去世整整四十年。凡所有相，皆为虚幻，但久远的时间留下的记忆，却像刀刻一样清晰，具体。四十年的时间，让我对她的思念日渐平静和安详。有时候想起来，嘴角还会微笑起来。

"此情可待成追忆，只是当时已惘然"，恰恰相反的是，在我心里，昨日之日，逝去之水，都是永远清晰的存在。

这真是要感谢时间。我想我和她一样，没有遗憾，或许她就在我身边的某个地方，一转身就能看到，但是不转身，我也知道她就是那么真实地存在着。

这些年我回家的时间比较少，但经历过不少的事情，我有时候想，我怎么就会这么幸运。我想每个孩子都是这样的。母亲给你缝的密密厚厚的衣服，不是让你光鲜，让你漂亮；是让你温暖，让你安全，这是你跟世界竞争和拼搏的铠甲，她刀枪不入。

我也知道了我对美的认知的来源所在。妈妈的手里的剪纸，就是我对美的要求的标准，也是我对自己要求的标准。

我自觉地遵循内心的这种美的标准和自我要求。后来我遇到很多很多的事情，都会不自觉地想起妈妈。她让我知道真正让我震惊的东西是什么。是天地大美而不言。是安安静静，是干干净净，是一个人从红尘里看出透明来。是不亏欠任何人。

我感谢我的妈妈，她给了我生命，更给了我生活。

"忠秋楼"是我的老师宋遂良先生题写的。我感谢我的老师。

在赵忠秋剪纸展的同时，我也会展出这些年我自己的藏品，也就是将与剪纸展同步进行的《芸廷收藏近现代书画展》，以及《芸廷收藏明清书画展》。我在这里特别感谢我的老师周永良先生和薛龙春教授对这些作品的梳理和研究。

之所以把剪纸展的名字放在很多先贤们的前面，原因足以说服我自己。所有美好的东西都是艺术。

而我想起美，最先想到的就是我的妈妈，赵忠秋女士。

有个人在他乡，但他从来没回来

前几天连续几次梦到妈妈，她有些生气，给我做了一些交代，一件一件地，很具体。我跟我姐姐说，妈妈埋怨我了，她很少这样。

姐姐就去安排了。但我心里终究放不下，好像有些事情不自己做，就不踏实，而且这些事说好让我去做。我就决定开车回去。

车到淮安，天慢慢黑下来，接着就是大雨如注，看不清路。这雨下了一千公里。可我终归有心事，竟不关心窗外的雨了。

雨从前一天下午下到第二天早晨，又持续了一个上午。我站在家里的门楼下，看到风也开始来了，雨水东倒西歪，像转蓬一样的我的心思。

我摘了一片银杏的叶子，她碧绿厚重。我闻了一下她的味道，凉凉的。我一直拿着她，看雨水中银杏的果子，她们的色泽在霜白中泛起微黄了。

对面是爸爸种的扁豆，扁豆花的紫色，是很好看的颜色。一架秋风扁豆花，秋天了。很多秋天的傍晚，月牙早早地浮在天上，下面是紫色的扁豆花，这个时候的秋天，是辽远而带些清愁的，是寂寞辽远在眼前的清愁。

秋风秋雨愁煞人，不是这个感觉。

这时候挤过来一个人，对我说：叔，你回来了啊。

他是大老陈。

他比我大一轮左右的年纪，我比他大的是辈分。小时候我们就在一起玩。我俩一点都不陌生。那天正好是我五十岁生日。

他的装束还跟过去一样，一层一层的，能穿的都穿上了。只是这次多了一顶鲜红的贝雷帽，帽子有些破碎，帽檐歪斜着，隐约看得出某某实验小学的字样。

我说：下这么大的雨，你跑来跑去干什么？

他说：有一些事情没做完，想去看看庄稼。看你在这里，就来躲一下雨。

我递给他一支烟，点上。第一次没点着，就又去点。他推开我的手，自己掏出一个打火机点上，顺手把香烟的过滤嘴扯掉了，抽了两口，把烟扔到脚下流过的雨水里。

你的烟不好抽。他确定地跟我说。

我说，我的烟确实太淡了。学他的样子，我把自己的烟也扔到雨水里。

他在自己的口袋里找自己的香烟，摸索了一阵，终于没有找到。就开始跟我聊天。

你们离这里多少里？

我说：一千二百公里。我停顿了一下，纠正了，是两千四百里。

他继续说，你们那里也种谷吗？

我说，他们南方种水稻，高粱也不种，但是玉米和地瓜是有的。有时候南方的水稻每年收好几次，不好吃。

不种谷，难道每天吃这些没营养的东西吗？你还是得吃粮食才行。他明显不想我在外面吃苦。

他还说：你要多回来吃。你还记得那人的哥哥吗？很早很早就去香港了，可是他从来不回来。你说家里也不是没有住的地方，天天在外面，就是不回来，从来没回来。家里没吃的吗，没住的吗？

我有些脸红，说：我回来的也比较少。

他说，你还行的，你每次回来我都能碰到你。

我说，确实这样，我每次回来都看见你推着车子或者挑着水桶的，不累吗？

他笑了一下：你说笑话，这么点活怎么会累呢？雨越下越大了竟然。

他明显有些着急，问我几点了。

我说：十一点十五分。

他更着急了，恨了几句天气，说：我们还是要靠雨啊，没有雨，吃什么。但雨越来越大了。他也终于下定决心，说：叔，你在这里抽烟吧，我要去看我的庄稼了。

我说：这么大的雨，你穿这些不行的。我把我爸爸屋檐下的草帽递给他。他说有这个就行了，自顾自地走了。

那天的风还是很大的。他走出去不久，草帽就被风刮掉了。我远远看着他，看他回头看了一眼草帽，有点想捡起来，但是可能想想麻烦就算了，依然自顾自地走开了。

好像整个世界这么大，雨水冰凉和横斜里来的风，都在他的感知之外，这一切对他都毫无干扰。而我那个时候，好像忘记了自己的心事，一直看着他转过河套，不见了为止。

我爸爸问我刚才在外面跟谁说话。我说大老陈，我跟他说话感觉自己在跟自己说话一样。

我爸爸说：他就是爱说话，爱跟我聊天，有时候天还没亮，他就在我们门口喊我："九爷，你说今天会不会放电影？要不要今天去赶集？"

我爸爸继续说，我们这里的山上的木头，差不多能收拾的，都被他收拾回来了，他每天都在锯木头，垒自己的柴草垛，全村的柴草都没他一个人的多。过几天就会去买新锯子，也不知道买了多少锯子了。

为什么啊？

爸爸有点叹气，说：还是因为小时候脑子的问题，锯着锯着，就找不到自己的锯子了。

我说：那……那个香港人我怎么不知道。

我爸爸说：村里就没有这么一个人。

第二天早晨，就是中元节。我按照妈妈的嘱咐，把该做的事情都做好了。

我看了一眼摆灵牌的桌子，四十年来，这张桌子从一个灵牌，到近半张桌子的灵牌。

以前的灵牌是用红纸糊的，有时候我每隔几年还要重新写一遍。现在被爸爸换成木质的了，擦拭得都很干净。这里有我爸爸的父母，众多的兄弟，他的爱人。

他们相聚一生，其间各自变故流散，今天又聚在这里，显得亲密，健康，心情开朗，永不分离。

这一刹那，我看到了自己。

我拉住他问：哎，王某人，你回来的路上，是不是有此身如寄的感觉啊，总想着有一天，战士战死沙场，浪子回到故乡？王某人答：我没有自己的沙场，只有自己的故乡。还有一个人在香港，但他从来没回来。

可是，爸爸说了，这个人不存在，你这么快就忘了吗。这世界上哪里有不想回家的人呢。

我们在一起就是永远在一起

从 1993 年去济南，到今年整三十年。这三十年，我记得爸爸给我打过的三个电话。

十多年前吧，我因为运气好，用乡里的话说就是，这个穷小子，没想到发达了。接下来的事情一如既往地俗套，给各种亲戚朋友安排工作，接到各种借钱的电话，好像阿里巴巴是我开的，我的钱都是大风刮来的。真是疲于应付，各种不堪，各种是非。

其实我还好。我远离家乡。最犯难的是我爸爸。他是最重要的一关。只要我爸爸答应了，我这边就好说话。我因为这个事情，好多次跟我爸爸发脾气。他总是一脸不好意思，压低声音说：咱能帮，确实也该帮一把。

我说：从前那个时候谁帮你？冬天了，你给我们姐弟缝棉裤，满村都找不到一个人帮忙，你都不记得了吗？

他总是重复说：事情虽然是那个事情，但你要是能帮助别人一下，还是要帮一下的好。

有一天我正在开会。突然接到爸爸的电话。他很少打电话给我。打电话的时候就是响两声他就挂掉，然后我就打回去，他觉得这样省钱。

这一次电话一直不停，一次没接通之后又打了过来。我顿时一股火气上来了，拿起电话，还没等我爸爸说话，就说：爸，你让边上的人接电话来。

我爸有些惊讶，他问我怎么知道边上有人。

我说：如果不是边上有人，你怎么会这样给我打电话。要么是逼着你给我打电话借钱的，要么是逼着你给我打电话安排工作的。你让边上的人接电话，他即便有事，可以直接找我啊。到咱家找你，中午你是不是还要管一顿饭？

电话那边有一些紧张地低声交流。

我爸说：那没事了，人家不在咱家吃饭。

那一年，我三十多岁了。我的心跟我爸爸一样软，但我的嘴比他的铁锹还硬。

大概五年前吧，大家都知道，我们公司在发展中遇到了很大的波折。全世界都是关于我们公司的各种说法。

突然有一天早晨，很早，爸爸打来电话。他问我吃饭了没有，我说刚起床。

他说有一件事要跟我说一下。他说以往有些人会来看他，表示感谢慰问，今年都不来了。

我说疫情多变，人事多变，你也不图这个，倒省了各种寒暄和麻烦。

他说还有一件事也要跟我说一下。他说我那个眼睛小戴眼镜的同学经常来看他，前几天还和他哥哥一起来了。

我说他是我同学和好朋友，不一样的。该留人家吃饭才好。

说完就挂掉电话了。我知道他想说的不是这些。我这人在外面说得多，在家里说得少。这段时间公司的诸多风波事情，他或多或少应该听到一些。

他是用他的感知，来求证我一个平安。

我顺势拉开窗帘。窗外雪霁，风定。梅花已高过半个窗户，红梅静静开，一切都很好。

那一年我四十多岁。算是经历了一些挫折。知道有些话跟我爸爸要耐心说。

今年八月底，是我虚岁五十生日。按我们那里的习俗，就是五十了。我回家跟我爸爸一起过了这个生日。这个时候我已经退出公司将近一年的时间了，我跟我爸说的就是退休了。

我笑着问他：现在是不是没人找你了。

是啊，来的人很少了，来的都是我那几个老朋友。现在走在路上，很多人也不跟我说话了。

落得个清闲。我说。

我爸爸突然问我：你知道我有多少钱？

十万？

你再猜。

还是你说吧。

我爸爸告诉了我他有多少钱。

我说，厉害啊，那我刚才给你钱，你怎么还收下了？

他说，你给我是你的心意，我是要要的。但是我那些都给你留着，你随时要花就来拿好了。

我把这个话题转移开，把头低了一下，藏住了内心的瞬间的变化，我知道他是担心我退休没有收入了，开销又大。

回杭州后没几天，我爸给我打来电话。

王帅，我遇到一个过不去的坎了，我刚才喝了酒，我一点也没有醉，我想起很多事情，这些事情这些年我一件也没有忘掉，有些事情让我很难过，我要跟你说，不说出来我心里很不好受……

他持续不断地开始说，说了两个多小时。后来流泪了，好像觉得在我面前不应该这样。就又说，我说出来了就好多了。

这些天我一直在想这些事情。下次回家的时候，我会坦白地跟我爸爸说：我有时候也会哭。

是的，我五十岁了，我爸爸也快八十岁了。感觉我们在一起，就跟永远在一起一样。

奇袭白虎团

爸爸出院之后，我回杭州处理一点杂事。这次他住院二十六天，遭了罪。

住院期间，他屡屡拉着我的手，诚恳地问我：你不是认识很多人吗？你托个关系，让我早点出院吧，我身体早就好了。

我说，你就不要有这个念头了。如果你提前办理了出院，我有问题，我朋友有问题，医院也有问题，你还出不了院。这次住院主要是让你意识到，住院不好受这个现实。以后记得饭店多去，卡拉 ok 也可以去，这里就不要再来了。

他说：我明白，下次我就会注意了，不过这次确实是已经好了，你难道看不出来吗？

我说：我确实没看出来，你不要叹气了，叹气不起作用，最后还是要听医生的。

我到杭州刚落脚，我姐的信息马上就来了。她说，爸爸目前有点报复性出院，连续请了两顿客了，每天几个小时，这哪得了。

这哪得了。他答应我出院之后会好好休息，我才买票走的。我就立即回到烟台。我选择了上午十一点左右到家，这个时间点，在农村应该是客人上炕了，菜开始炒了，酒已经打开了，大家就差举杯了。

这是抓现行，奇袭白虎团，活捉王耀武的最佳时机。路上我在想，抓住了，又怎么样，而抓不到，又怎么样呢？

九月底的时间是烟台最好的时间，风是清爽的，阳光如同撒金沙，而飘着云彩的天是瓦蓝的，舒缓的，田野里全是丰收的气息。

爸爸就坐在门口的银杏树下等我。银杏硕果累累，叶子已经一半金黄，这些都是让我内心愉快的东西。但看样子我姐已经泄密了。

我俩很快回到炕上。我打开一瓶酒，问他：要不要来一点？

他说：我滴酒不沾，出院之后，也滴酒未沾，以后我也不会喝酒的。

我说：嗯，过几天还是可以少喝一点的，前几天我那个朋友给你搞了一些很好的药酒，每天喝一小杯。

他说：一杯不喝。

也许是担心我在爸爸住院期间寂寞，我两个朋友结伴来看我。他们送我一卷古画，让我做考据消磨时间，又给我带来两个品相完好的南宋建盏。

第二天我就把这个建盏带到医院，跟他在医院喝茶。

"你用那个喝酒吧，我平常也不喝茶。"

"那我一杯就醉了。"

"那倒是，慢慢喝，喝酒着什么急呢。"

我给他用酒杯倒了一杯白水。他给我用酒倒满酒杯。喝着喝着我就感觉到压力了。我爸喝水，他喝得慢慢悠悠，我喝白酒，每喝完一杯，他会很快给我倒上。

很快我就开始有点酒意了。但是出院当天，我们家已经完成了权力的交接，这个家以后大事我做主，大事我爸爸要听我的。我黄袍加身了，不能掉这个架子，丧失这个机会。

我说：今年冬天能不能到城里住啊？那里有供暖，你现在走路不方便，晚上上厕所怎么办？

他说：我现在走路跟以前一样了。再说家里那么多鸡鸭，不能总是让邻居帮着喂吧。

我说：就是还是不去吧？

他说：也不是，但是住在家里还是踏实。

然后他把这次住院收到的红包给我说了。说谁谁谁去看他了，这些人情要还掉。

然后他说红包一共收到多少钱。他说他给大女儿一半，小女儿一半。

我说：那我的呢？

他说：你看你，我的不都是你的吗。

我有些明白了，地主家的儿子登基三天又被垂帘听政了。

第二天早晨，他就给我打电话，说明天要带亲戚邻居和好朋友去学校看我办的展览。事无巨细，一一叮嘱。

第三天一早，我就在门口候着。一辆大巴缓缓停下，我爸爸的亲友团如约而来，穿得花花绿绿，除了白发苍苍，一派喜庆的模样。

看完展览，就是宴席。少小离家老大回，很多人我都不认识了。我爸一一介绍，我确实很多记不起来了。他说：那你就敬酒吧。

送他们到家已经是傍晚。走的时候我问我爸：

"这次展览办得好不好？"

"好，简直太好了！"

"下次医院还去不去了？"

"不去，坚决不去，我比年轻人还健康！！！"

咸菜咸鱼虾头酱

我姐说我小时候白白胖胖，每次看我跑步就觉得难受，屁股一扭一扭的，有幅度没速度。

因为我那个时候就吃细粮了，就是白面馒头。那时候白面馒头很少，每个孩子每顿只掰给一小块，刚刚够我一口吃完。

我一口吃完，姐姐的还没舍得吃，她们总是先吃地瓜或者玉米饼子。我就眼巴巴地盯着姐姐，然后我俩姐的基本被我吃了。

女人天生就是水做的，你看她们的心肠确实是太软了。

考上初中之后她们就辍学了，我这块烂泥就上墙准备考大学了。

大姐先去县里食堂炸油条，后来早早嫁人了。小姐姐每天骑自行车，去县里的纺织厂做合同工，赚了钱回来给我缴学费。

前几天她们到我家，我说给你们吃顿好的吧，你看你们马上年过花甲了。

我问：你们想吃什么？

她们说：是啊，想吃什么啊？

我想了很久，打开冰箱，我说：要不还是吃咸菜吧，我还是觉得咸菜最好吃。

那时候村里家家户户都有一口咸菜缸。等着秋天，疙瘩收了，家家开始腌咸菜。这简直是仪式。用粗盐，一层层地码，封缸，疙瘩叶子则挂起来，晾干。

盐倒是很便宜。肉贵。有一次我从河里抓了很多小鱼，想去山里做顿烧烤，偷偷跑到合作社，用多年积蓄的五分钱买盐。满满的整整一塑料袋，比我抓的小鱼重多了。鱼烤得没法吃，盐我就顺手藏在南寨山的石头下面了。

咸菜是每年自己种的，盐便宜得可以当饭吃，所以咸菜是不会断档的。一年年腌下来，汤都是清亮清亮的老汤了。老汤是现在的时髦词。

比咸菜还好吃的东西还有两种，咸鱼和虾头酱。

小时候看《笑林广记》，有一篇写一家人吃饭。一人一碗白米饭，饭桌上吊着一条咸鱼。吃一口饭，看一眼鱼。其中一个孩子看了好几眼，马上被父亲呵斥了：你想齁死啊。吃一口饭，看一眼鱼！

我就想，有白米饭吃，看一眼都嫌太多了。

但是咸鱼和虾头酱不是时时有的。要看季节，也要看家里有没有钱。我到今天都认为，凡是要花钱买的，都要考虑一下的，凡是可以随便吃的，都是自己花力气种的，不花钱的。花力气和花钱是两回事。所以那时候的食物只分两类：花钱买的和花力气搞的。

我奶奶的咸鱼最好吃。鱼是鲐鱼，熥好后，肉是红色的。一口齁死人，但就是香，我每吃一口就闭上嘴，就怕香味漏走了。

现在我经常问我姐姐，奶奶腌的咸鱼怎么那么好吃？

她们说那种是要发酵过的，类似臭豆腐。

我奶奶去世也三十年了。

我其实也很想展开回忆一下妈妈的味道，但是她去世快四十年了，我一想起来她，就想到别的事情上了。

我有时候就不去想她了。我不太爱去想她。

虾头酱也是如此。烟台靠海，每年一定的时节，臭鱼烂虾，来到乡下。每年都会有车装满一车的虾头到村里，据说虾肉都出口了。

可以自己用虾头磨虾酱，也可以买他们磨好的一缸缸虾酱。听到汽车的声音，那味道就直冲到你的鼻子了，接着脑子立即鲜活生动起来。接着我就会马上把这个消息告诉家里：卖虾酱的车子到了。

滴几滴油，撒一点葱花。香得心花怒放了，香得吃嘛嘛香了，香得狗窦大开了，香得我们的社会就是好了。冷下来就能看到一颗颗的粗盐。

现在，我家里每顿饭，都会有一种这样的咸菜，只有我自己吃。有时候满桌子鸡鸭鱼肉，我也会把盛咸菜的碟子拿到我自己眼前。

那天晚上我姐姐有没有吃咸菜咸鱼虾头酱，我不记得了。我只记得我们说了很多话，我还喝了很多茅台。

我姐姐就笑话我：这辈子就看见你一个吃生大蒜下茅台的。

是啊，吃明白了。

咸菜，是下饭的。吃饱饭就满足了。而味道，是奢侈的记忆一种。每个人有每个人的记忆，不管你们的记忆有多么好，都不影响我自己的记忆有多么更好。

吃饱饭和吃好饭，真是哲学啊。

也是人生。

那天我唯一记得清楚的是，我跟她们说：

你们虽然年近花甲，还是比小姑娘好看一万倍。

受　戒

村里包产到户之后，第一批走出村里的是泥瓦匠。他们开年就卷好铺盖，结群出发，去我们不知道名字的地方。

春节前，他们又会结伴回来，老婆孩子眼巴巴等他们一年，他们确实带回来很多的钱。

回家这几天，就是这些人家一年中最热闹的时候，那些妇女年纪都是最好的时候，就突然爱笑起来，总是笑着的，孩子骑在爸爸肩上，一家人一起赶大集，买鱼买肉，买花衣裳，买各种小吃，买鞭炮。

但接下来这些人就会跟其他人一起，在村里消失了，他们聚在隐蔽的地方赌博。等了一年的妇女，开始怨恨，焦虑。明明就在一个村里，但找他们却是找不到的。

　　他们输光了钱才会出现。这个时候春节也结束了。他们一个个灰头土脸一脸懊丧，在老婆的责怪、暗骂、叮嘱、期待中，卷起铺盖出发，去另一些我们不知道名字的城市。

　　村里的生活又开始平静起来。好像这几天的波澜，随着扫掉的最后一点鞭炮纸屑，过去了。

　　他们留下来自己心爱的但愁苦的女人，也给我们留下来最好的玩具，一种从天上掉下来石头都砸不破的玩具，塑料帽子。

　　孩子们就热闹起来。两人捉对，或者三五成组，戴上帽子，扣好纽带，各自找来一块趁手的石头，开始比赛。

　　"哐"的一声，问：疼不疼？

不疼！

接着"哐"的一声，问：那你疼不疼？

不疼！

接下来就你一下我一下，哐哐哐哐砸到胳膊酸了，脖子也酸了，身体也没力气了，约好明天再来一起玩。

这样玩不久，这些帽子就已经坑坑洼洼了，很像和尚受戒的戒疤。

那时候什么事情都是理所当然的，又记得那么清楚。

记得村里喇叭员酗酒的红鼻头，记得春天哪一朵花会最先开，记得坟地晚上的萤火，记得萤火虫和萤火的不同。

记得风吹过白桦树林哗啦啦的声音，记得蜜蜂翅膀窸窣悬浮在花前，记得阳光透过那些小女孩胳膊的汗毛，像清晨的狗尾巴草做着的露水的梦，记得自己那些奇奇怪怪的冲动。

后来离开村里的，陆续就是我们，从了如指掌的村子离开，去那些想都没想过的城市。

第一个是我堂哥，去了上海复旦，接下来是我另一个堂哥和我，去了济南。

忽然三十多年就过去了，记忆越来越含混，充满别的记忆也许还有可能。那天早晨，我想起汪曾祺的《受戒》：

> 她知道明子受戒是第三天半夜——烧戒疤是不许人看的。她知道要请老剃头师傅剃头，要剃得横摸竖摸都摸不出头发茬子，要不然一烧，就会"走"了戒，烧成了一片。

是的，小英子，我跟你说，烫在头上和砸在帽子上的伤疤，其实都是心里的伤疤。伤疤都会结痕的。结疤的时候，是没有声音的。

等伤疤好了之后，我自然会去看你。你看，你一眼就看见了我，隔着一条护城河，就喊我：

"你受了戒啦？"

"受了。"

"疼吗？"

"疼。"

"现在还疼吗？"

"现在疼过去了。"

"你哪天回去？"

"后天。"

"上午？下午？"

"下午。"

"我来接你！"

"好！"

第二天你就来接我。你说：

"你当沙弥尾吗？"

"还不一定哪。"

"你当方丈，管善因寺？管这么大一个庙?！"

"还早哪！"

划了一气，小英子说："你不要当方丈！"

"好，不当。"

"你也不要当沙弥尾！"

"好，不当。"

又划了一气，看见那一片芦花荡子了。

小英子忽然把桨放下，走到船尾，趴在明子的耳朵旁边，小声地说：

"我给你当老婆，你要不要？"

明子眼睛鼓得大大的。

"你说话呀！"

明子说："嗯。"

"什么叫'嗯'呀！要不要，要不要？"

明子大声地说："要！"

"你喊什么！"

明子小小声说："要——！"

"快点划！"

汪曾祺说那是他在一九八〇年八月十二日，写他四十三年前的一个梦。

那天我在新加坡，想起若干事情，觉得有意义的虽然没有那么多，但做过的梦都是一样的。

听　窗

我们那里的婚礼，也有闹洞房的环节，闹完洞房之后，还会有听窗的环节。这是喜庆必要的。

闹洞房是有严格限制的，小叔子可以闹，大伯哥不能闹，小叔子可以听，大伯哥不能听。

大家往往鼓动我往新娘子身上靠，因为我人畜无害。门楼镇蓬莱庄古现王十八世，我是最小的，在堂兄弟二十一个里面，我排行二十一。在堂兄弟姐妹里面，我排名三十六，还是最小。在我们家族里，这个地位被称为小尊长。

我不是去蹭嫂子，我是被推搡着蹭的；我当然喜欢看漂亮的嫂子，但我那时候更主要的是蹭糖吃，走的时候她们还额外多给我装一口袋。

但我后来明白了，不管是闹洞房还是听窗，我去了就代表合理性，我去了就是一个开端，我相当于是主持剪彩的。我宣布一下，他们活动就开始了。

这不算完，我那些堂哥们结完婚之后，很快就给我生侄子了。但我有些堂哥也真是的，侄子饿得哇哇哭，嫂子胀得不下奶，自己急得满地转。

我就会被从街上领过去，把头闷在嫂子怀里，真是热烘烘的。说实话，我真不愿意干这活。我为侄子去通奶。奶下了，侄子吃了，堂哥不急了，一切完美了，我再上街继续玩。

再后来，我在去探视产妇或是参加别人贵子宴的时候，经常会看到吸奶器。我就想到，科技发达了，堂哥不急了，堂弟不用了。再一想，技能不全面的堂哥们还是不少啊。但是堂弟已经成王伯伯了。这么想，真不好，老不要脸了。

回到听窗上。闹完洞房之后，新房子关门了。我又会被几个年纪大的堂哥强拉下来，蹑手蹑脚，躲在窗户后面。有时候是冬天，北风那个吹，雪花那个飘，我也不知道他们要听啥。

他们就是告诉我，等灭了灯你就知道了。我就突然大喊一声：哥哎，后面有人偷听啊。

我就跑了。我跑了，他们也都跟着我作鸟兽散了。

我们那里闹洞房很温雅的，现在想想倒像是开联欢会，闹洞房加听窗，加起来不到半小时。

这都是四十年前的事情了。

这四十年，我不闹洞房了，更没人带我去听窗了。这四十年，我一度被带入了另一个场景：风声雨声读书声，声声入耳；家事国事天下事，事事关心。这个场景让我有责任感，有孤独感，有悄立市桥人不识之感，有不尽长江滚滚来之感。

同感者很多，每天都有人问我：

你听说了吗？

听说风声了？

不是。

听说雨声了？

也不是。

可你不读书啊，你不会听到别人读书声了吧？

我听说他和她和他和他他他他他有事。

这跟你有事吗？

当然跟我没事。

跟你没事你说这些干吗？

我不就是跟你一说嘛。

关键是跟我也没事啊，跟我有事我自己会问的。

每每如此，交流了一堆暗号，结果一个是地下党，一个是卖情报的。长此以往，就没有人跟我说这些了，搞得我很不合群，搞得我有很长一段时间觉得，他们对我说的话，是在特定的场景下给我定制的话。

这让我有些警惕。我又会去问他们：

你听说什么了吗？

没有啊。

好像有很多人在传呢。

我不知道。

噢，那你当我没问。

好的，我不会跟别人说你问这事的。

经过这些年的修行，我把我们最常用的话总结成四句，前三句是：

你吃了吗？

你知道吗？

你听说了吗？

唯一可爱的是第四句：

一起上厕所去。

我觉得这个人生真无聊。我跟我的堂哥说起这个事情。他说：

看似无聊，实则日常。人生其实不就是一场大无聊吗，但人生不就是一天天日常构成的吗？所以，无聊才有温度才有热闹，能从无聊中寻出意义和乐趣，才是日常人生。

我说：你结婚的时候，洞房可是我带头闹的。我也听你的窗了，我那次听得还真详细。

你听见什么了？

我听见了很多。

你就吹吧。

哎，我这么多年一直没跟别人说，我不愿意你东窗事发。

他是复旦大学哲学系的，熟读老庄和周易。今年过年的时候，我和我爸和他和另一个堂哥在炕上喝酒。

我说：我是咱们里面最小的啊，你们要爱护我，尊重我，关键事情要听我的。

他说：你到现在也没搞清楚小尊长是用来干什么的。小尊长，就是在合适的地方拿来用的。

我心里想，这倒也是，带头蹭新娘，带头听窗，带头通奶。

　　想想有些郁闷，我对他说：小哥，你知道什么是哲学吗？你就是哲学！

　　对面另一个堂哥正在喝一杯酒，突然听到此话，酒杯放下就说：放屁，哲学就是叨皮！

　　我侄子接着问：小叔，什么是叨皮？

　　我说：叨皮就是类似于青皮，浑不吝，相当于杨志卖刀遇到那个牛二。

　　我掉头对我堂哥总结了一下：小哥，今天一切都顺起来了。什么是哲学，你就是哲学，哲学就是你，哲学是叨皮，你就是叨皮。

　　那天酒喝得很多，好像年味都慢慢浓起来了。喝着喝着，想起闹洞房和听窗，觉得热热闹闹，有趣无趣，人生一场，挺有意思。

辑　二

她们怎么就这么好玩

2023 年的很长一段时间，我总感觉自己无所事事。好不容易等到女儿回家了，她们先跟我约法三章：不能写她们的文章，不能拍她们的照片，如果违背上述两条，写了拍了还发了，那就是很严重的事情了。

我只能投笔从戎，天天带她们去放虾笼。我抓的虾比齐白石的还大，可是第三天，她们就不跟我去了。吃了一个礼拜的虾，她们俩问我：爸爸，你能不能换个新鲜的玩法，我们不爱吃虾了。

当时还有几个虾笼以及各种饵料在快递的路上。

边上的妈妈缓解了一下尴尬：她们不吃，我还吃呢，你继续去下吧。

家有一老，如有一宝，说的就是这个道理。

我就继续每天早晨去收虾。家的旁边有个农贸市场，他们的河虾都很小，我经常去跟他们打听价格，心里面算了一下，每天按我的虾的质量，卖个一百五十块钱没问题。这样一个月就是四千多块，也算自主择业，白手起家，解决了一个就业的问题，不给社会添麻烦。

男人最终离不开事业。

她们回来之前，我买了六十只鹌鹑，还有两只孔雀。我每天都去收鹌鹑蛋。但是奇怪得很，按道理，只要有10%的产蛋率，每天早晨就够她们吃的。事实上，最多的时候，一天才下了两个蛋。这个问题我研究了很久，后来发现我买的鹌鹑，年龄大多在四五岁，她们超越了99%的高龄产妇，已经过了产蛋期，相当于结扎了。

两只孔雀更不给面子，买回来就开始脱毛。我每次去看她们就很担心，这么个脱法，女儿们回来，孔雀就光屁股了。事实上被我猜中了。等她们回来的时候，孔雀尾巴的翎毛一根不剩。她们看着孔雀说：爸爸，这就是你给我们准备的孔雀啊，怎么像鹌鹑。

梅花开的时候，我跟她们说了一个设问句：你们知道这棵梅花为什么有两种颜色吗？我想，按照常理，我会很自然地顺上下一句：因为是爸爸嫁接的。但事实又不是按照我的预料发展，她们说：嫁接的啊。

我说：嗯。

这个时候大女儿的解剖学已经达到了临床的水准了。走到哪里，都带着那本七八斤重的《人体解剖学原理》。我唯一一次参与其中，是她在找缝合材料的时候，我说：你等一下。

我去找了一块带皮的猪肉，她就在那里一板一眼地缝合起来，中间还用显微镜观察了一下。我把自己的手腕伸给她看，我说爸爸小时候这里缝了六针。她打量了一下，说：缝得太潦草了。

她俩每人还有一个小机床。刀锯俱全。很快我就发现，家里的一匹骏马的摆件只剩了三条腿，靠三角结构，倔强地站着。家里的一棵树，长了两颗灵芝，我看着他们一点点长到碗口大了。那天去看，挪位置了，从树上跑到一边的石头上了。

她们说，我们用锤子敲掉了，看看里面是什么样子。

在这种情况下，我就给自己重新进行了规划。战略性的调整我还是很擅长的。毕竟做过那么大的企业。记得她们刚出生的时候，我就跑到绍兴，跟我的朋友定制了四缸上好的女儿红，花了八百块钱，找人帮我埋在地下。

第二天，我很开心地告诉朋友，大功告成。我的朋友说，你赶紧挖出来，现在的工艺跟以前不同，埋在地下会影响酒质。还好工人前一天已经很熟悉了，我又花了八百块钱，把酒挖出来了。

朋友说：你这是要准备她们结婚的时候喝啊。我立即否认了，我不能人财两空。我说：我是留着她们结婚后，自己慢慢喝。

说起酒，我的一个朋友还送我一批她们出生那年的生肖酒。我很感谢这个朋友，就送了他一张曾宓的画。这样过了十年，我有一天突然想，万一是假的呢？我就抽出来一瓶尝了一下，百分之一万是假的。我就很庆幸，万一是当着别人的面打开，那脸就丢大了。

我也想过她们带男同学回家的场景。我会在书房踱着步，随手抽出一本书。如果他说看过了，我觉得他就是个书呆子；如果他说没看过，那不用想了，大概率就是一个文盲啊。

考验一个人的方式有很多。譬如到了吃饭的时候，我会礼貌性地问他一下：要不要来点。他如果说好的，那就是一个酒鬼啊，但他如果说自己不喝酒，我就知道，要么他在说谎，要么一点行走江湖的本事也没有。

今天情人节，早晨，我看见桌子上有两个过年的红包，我就拿起来想给她俩送上去。妈妈在边上说，她们还在睡觉，你不要去打扰她们。

我说好的。就到书房打开电脑，问邱兵，"天使望故乡"还缺稿子吗？

他说当然，你有很多粉丝，以五十岁以上的女性为主。

我说：你这个人，太不好玩了。

跟我一样。

活该挺着脖子望故乡。而且你肩膀和大脑袋之间，没有脖子。

王副官的退休生活

　　我记得第一次去香港，突然发现，自己的插头和那边的插座是不兼容的，要靠一个插座转换器。

　　这就是环境不同造成的问题。不同的环境造就不同的方式和习惯。生活环境经常变化，但是习惯总是惯性十足，改起来就难多了。

　　硬件是很容易解决的，而习惯明显是软件，是数据处理器，是各种场景切换中的高科技，是卡脖子的核心技术。新的生活场景总是对过去实行禁运政策，让你的习惯永远滞后变化。

　　就拿我自己来说吧，那么十几年的时间里，我都是清晨五点多钟醒来，顺手就拿过电脑，处理昨天没完成的工作，对今天发生的可能，做各种细致安排。上班的时候，我的同事就都知道今天做什么，而我一天也就没事做了。

这样的好处在于，正事不耽误，还有大把的时间不务正业。退休之后，这个问题就突然变得异常了。

太阳照常升起，我照常在太阳升起之前醒来，我照常拿起电脑，突然觉得没啥正事处理了，突然这个时间段成了一个漫长的时间段。

我就觉得春宵苦短，从来都是中年人的事，真想多睡一会儿，可是偏偏醒了。大脑还在高速路上奔跑，但高速出口关了。春眠不觉晓，处处闻啼鸟，我没啥鸟事，经常静静地听窗外的鸟叫。

我的作息估计改不掉了，但我也很快找到自己的正事。我起床抄柳宗元的诗，做各种读书笔记，忙活一早晨，太阳照在三个和尚身上的时候，我就去湖边取虾笼，去菜市场买菜，想中午和晚上的菜单。

我有两个公主和一个老太婆要伺候，这是天大的正事。我自己又重新走在愉悦宽广的金光大道上。我以前觉得柳青的《创业史》是经典，到今天又觉得浩然的《金光大道》也不错，名字起得确实是好，真是幸福生活应该有的气象。

我感到了幸福，我感到了闲适。无闲累体，不适累心；闲而适之，进退自如。一重的变化根本打击不了我，我这只骄傲的海燕，在暴风雨中骄傲地飞翔啊，一会儿俯冲，一会儿拉起。但是中国的俗话再次教育了我，海燕哪，你可长点心吧。

俗话说得好。

俗话说得确实好。因为这样的生活没有几个月，她们去了新加坡了。生活这次大变了。

我的第一个习惯，部分有家庭的动力。而我的第二个习惯，却是完全建立在家庭之上。凭借第一个习惯，我轻易地找到了插座转换器。而第二个习惯还没断奶，但是祖国啊，我的插座没了。

我从公司的王总，到家里的王副官，直接变成杭州市余杭区留守儿童站少尉后勤看守。我对他们感同身受，我跟他们是一伙的。

她们走的当天，我立即买了一张机票，飞到祁连山。我相信大自然的壮美，可以充实我空落落的庭院和心灵，我想沿着祁连山，顺带把明长城走一遍。

我跟阿姨说，你这段时间回家吧，我这次旅程少则十天，多则一个月也不止。

但是祁连山无情地拒绝了我。我在看岩画的时候，有人电话告诉我，赶紧买机票回杭州，否则你就走不了了。而我回到家的时候，防疫人员已经带着封条，在门口等我了。

我不是梁朝伟。我没去巴黎看鸽子。东风不与王郎便，铜雀春深锁独夫。整整一个星期，明月皎皎照我床，空床。星汉西流夜未央，病恹恹。

从此，我的世界开始下雨。梅雨期下，大旱的时候也下，夏天下，冬天也不停。就连我去新加坡，每每碰到的都是雨季。邱兵同志写过一篇文章叫《冬雨》，我觉得朋友就是朋友，理解我，懂我，写得比齐秦唱得好。

我在想，如果史铁生没有了地坛，就不会有这样的感悟："因为这园子，我常感恩于自己的命运。我甚至现在就能清楚地看见，一旦有一天我不得不长久地离开它，我会怎样想念它，我会怎样想念它并且梦见它，我会怎样因为不敢想念它而梦也梦不到它。"

这次改变对我的冲击是更大的。负负得正，我这次是有点负负得郁达夫了。

那个秋天跟之前的秋天比，正像是黄酒之于白干，稀饭之于馍馍，鲈鱼之于大蟹，黄犬之于骆驼。我在他那春风沉醉的晚上，沉沦了。我一会儿消极，一会儿颓废，一会儿茫然，一会儿激烈。恒定的状态，直接堕落到神经质。

很长一段时间，我就在大好时光里，在棋牌游戏里打掼蛋，斗地主，下四国军棋。我还真他妈多才多艺。我理想中新的习惯没养成，倒是养成了不爱出门、不爱见人、多愁善感、无端找事的新习惯。

但我每天照常五点多醒来。我把电脑放在我的肚子上，电脑就是我的暖宝宝。我们相依为命，彼此欣赏，我们一起来唱《男人哭吧哭吧不是罪》。但这终究不是办法。我想无论如何，我要把自己的时间填满。很快我就填得满满的。

我感谢邱兵，他在这个时间让我一起做"天使望故乡"，写一大堆文章。我感谢顾邨言，他让我开澎湃艺术的评论专栏。我感谢薛老师，教我怎么看王铎。我感谢周老师，经常打击我买了假画。我感谢黄磊，天天找我去讨论公司业务。

家里但凡来个人，我就会留下他吃好饭。

春节的时候，两个天使和老太婆回来了。我一下子又不习惯了。我的时间经过这一年拳打脚踢，已经满满的了。喝酒也比以前多。而且我胖了，我早晨不去买菜了，阿姨做啥我吃啥，她们做啥，我也跟着蹭啥。分别的时候她们还是小孩子，天天挂在我的胳膊上，现在她们长大了，她们的语言格式是：你好，爸爸；再见，爸爸。

环境再度发生了变化。

有一天晚上她们去看贾玲的电影，回来后我听见她们在讨论早晨锻炼的事情。第二天我就早早起床，我好久没有早早起床了。

我走到院子，看到梅花落了，但是郁金香开了。我走出小区，发现大片大片的紫云英，开得像初恋的模样。紫叶李的花儿细碎，像漫天的星星。一切都是这么美，这么好，这么自自然然落落大方。

我突然想起来，我这一生，都是为一个变化的环境，确定自己跟得上变化。但我明明有自己从来没变的东西，不紧张慌乱的东西。

那么什么是我一直没变的东西呢？我想，一定是我能适应变化，但变化改变不了我。

一切复杂，慢慢都会简略下来的。

今年我五十岁了。我不知道什么是天命，我想我慢慢知道了自己。

今天早晨是女儿的农历生日，我爸爸和她们的姑姑一早就跟我祝她们生日快乐。我说她们昨天说了，今年她们不过生日，太俗了。我爸说，她们不过生日，但是不耽误我中午在家里吃她们的生日面啊。

我随手写了一首小诗：

生　日

女儿

你们说今年不过生日

同意

生活比生日有意义

未来比过去真实

(3月18日成稿)

我在新加坡做厨神

前几天，新加坡足球队送我们国家足球队，晋级了下一轮比赛，国内的情绪就被点燃了。连"一食谈"小小的编辑部都沸腾了。他们在讨论写一篇关于新加坡美食的文章。

我说，我来写吧。

随后我给我的朋友邱兵发过去信息。我说基于伟大的国际主义友谊，以及我们中华民族知恩图报的特质，我打算破例在"天使望故乡"之外，写一篇文章。

"天使望故乡"是他在美国，我在新加坡的时候，在我的半夜，或许是他的早晨，商定做的。而"一食谈"是我在余杭七贤菜市场，买菜的时候自己决定的。

他说，你好好写，涌泉相报，这是君子行为。

女儿比我早去新加坡几个月，我自己在国内拖延了很久，直到有一天我想，她们想爸爸肯定想疯了，我才到了新加坡。

我去牛车水买了两片马鲛鱼，颜色煎得金黄透亮；我焖了一个土豆芸豆的猪肉；我做了一条鲳鱼，特意留了多一点的汤，以待她们吃米饭；最后把一条鱿鱼用开水一烫，环切，摆上了一两片红甜椒和黄甜椒，就喊她们开席了。

我就坐在她们对面听她们边吃边讲。

小女儿说：爸爸，你知道吗？之前那个阿姨，说她做饭很好，但是我们发现，她只会做一种鱼。

大女儿补充说：是的，红烧鱼，而且不管什么鱼，都做成红烧鱼。

小女儿又接过话说：关键是不管是哪种鱼做成的红烧鱼，都不好吃。

她俩一致表示：爸爸做的鱼最好吃。

我看着她们俩，内心想，这可真是吃大苦了啊。我说：美好的时光已经来临了，你们好好吃饭就好了，吃完饭睡觉，明天早餐爸爸给你们弄好。

早餐我又去牛车水，我买了油条、马蹄水。她俩闭着眼睛吃完了，闭着眼睛去学校了。我就开始排这一周的菜谱。这个时候，她们的妈妈回国内忙事情了。这个时候，我发现问题大了。

我这个厨神，是靠团队的。在国内的时候，我把要做的材料买好，就把阿姨叫过来，跟她一点点交代，这个菜怎么切，用什么油，哪些东西怎么弄，一共需要多少材料。

我一般只做一两个菜。

阿姨把其他菜做好之后，就会喊我：王总，轮到你的菜了。我就踱步到厨房，打量一下原料，拿起一把大勺（我炒菜不用铲子），三下五除二，经常还潇洒地炒个火给女儿看。

可现在不行了。我不仅要买菜，还要择菜，洗菜，做完菜还要洗锅洗碗啊，我的腰立即受不了了。

我跟女儿说：爸爸带你们到外面吃一顿好的怎么样。

她俩说：爸爸，你知道吗，我们到外面吃过，还没有那个阿姨做得好。

我说：我们去超市看看吧。我知道那里有很多日本料理。我就拼命地往购物车里塞。结账的时候，我发现少了好几种。

女儿对我说：你放进去的时候，我们就拿出来了。爸爸，你看商品标价的时候，记得要乘以五，这里的东西太贵了。

我说：你们做得对，节俭，是一种美德。

我就继续每天早晨去买菜，跟菜市场的人都熟悉了，但这也意味着，我在新加坡的行走路线图，就是要么在去牛车水的路上，要么在从牛车水回家的路上。

有一天，我对女儿说：爸爸带你们去散步一下好吗？

她们立即警惕起来。因为在国内，她们就有过很多次被我带迷路的经历，何况是在新加坡。小女儿选择了不相信爸爸，大女儿因为简单，所以信任，跟我一起出了门。然后不到十分钟吧，我俩迷失在新加坡的高楼大厦之间。

大女儿说：爸爸，你不用担心，你打开谷歌地图。

我说：我没有啊。

她拿过我的手机，迅速地下载了一个。可是我不会看地图，远远看见我们住的地方的屋顶，但是就是越走越远。

女儿开始焦虑起来，我无比镇定地跟她说，爸爸有一个最简单的办法。我对着一个最显著的地方，拍了一张照片，发给了她们的妈妈。

我说：我们就在这里看各种人也很好的，一会儿会有人来带我们回家的。这个时候，她们妈妈已经回到新加坡了。很快她就赶了过来，我们很快就到家了。

妹妹说：果然吧？

姐姐说：嗯。

今年她们都回国了，个子也长高了。开始了对我的叛逆，不再像以前那么黏着我了。有时候我说：爸爸中午给你们做个菜？她们说：我们点了外卖了。

我是一个有知识的人，我知道父女之间都有这个阶段。我就希望时间能过得快一点，像一百一十米栏的刘翔跨栏一样快。我们跨过了起点，一起冲向辉煌的终点。

　　写这篇文章之前，我问我的老师，他最爱足球。我说您有什么感谢之词，我一并给您写进去。

　　很快，他发过来一段话，如下：

　　　　向新加坡男子足球队致敬，向新加坡男子足球队学习！向桑尼致敬，向凡迪致敬！中国球迷，永远忘不了你们的顽强、血性和友谊！

幸福是副鸭架子

煮熟的鸭子飞走了，这是意外。但鸭架子留下熬汤，其鲜美是意外惊喜。济南文化西路，我租住的房子对面，就有一家烤鸭店。卖烤鸭也卖鸭架子。鸭架子就是我意外的惊喜。

屋子虽然只有十平方米，但有操场的空间感。还有一个电炉子，足以做天下美食。1994级新闻系的学弟等着毕业，天天待在这里，等着我带鸭架子回家。

鸭屁股是灵魂。那个临沂尹咏铸，一刀下去，就开始用鸭屁股炼油。他后来去报社，还办过《锦绣》，喝完汤之后，他就经常幸福地跟我说：做新闻要倚马可待，出手成章，这样才行。

他后来去了海南，后来有一次突然给我寄来几瓶蜂蜜，后来我又找不到他了，有一种可能他像圣地亚哥一样出海寻找更大的马林鱼，回来又遇到倒霉的鲨群，他应该知道等他回来的师兄马林诺·王帅会给他冰啤酒，以及中国的鸭架子。马林鱼的鱼骨架是用来被赞叹和敬仰的，中国的鸭架子是梦里的口水。

等鸭架子汤点滴不剩的时候，我们就开始充满惬意地谈理想，谈卡夫卡。有次谈到一半，我说三联商厦在搞活动，所有家电，一个周无理由包退。我们立即把天马行空的理想泛滥聚焦到这条新闻上。我们决定第二天去买一台录像机，看五天就退掉。

录像机第二天就买回家了。下午大家分头行动，跑遍济南大大小小的影像厅。发现完全不是想象中的那样。我们几乎一无所获，我们只找到一盘两性关系的录像带，封面充满诱惑，但是刚播放，就见到一个老太太，对着一张人体结构图，讲了一个半小时。

我们把录像机退掉了。那时候三联正在激情澎湃地建设田横岛，魄力极大。而我们却骂了一晚上录像厅大骗子，偌大摊点老板，竟然都是岂非至贤，都是圣贤。

这些事情，老韩、张白破、小李、老马，你们应该还都记得吧？我们马蜂窝炸了一样拥进了这里，个个在这里都养成蜂王，然后突然有一天，一群蜂王又炸了窝一样四散而去，现在竟然是别时君未婚，儿女忽成行，白发搔更短，浑欲不胜簪。

长安三千里，一轮明月照姑苏，以及我们。

这三十年的时间都发生了什么啊。我们第一批进入互联网时代，我们进入了数字经济时代，我们进入了人工智能时代。黑塞说：历史上有这样一些时期，整整一代人陷入了两个时代，两种生活风格之间的夹缝中，丧失了所有的理所当然，所有的道德风俗，所有的保障和无辜……我们像荒原狼星火四散，客居他乡，努力在一个时代接一个时代的变化里，眼花缭乱，手足无措，黯然销魂，意气风发。

这个时代太快了，快过我们追求过的倚马可待；这个时代太大了，大过我们十平方米的小屋，大到绕树三匝，无枝可依，大到"我达达的马蹄是美丽的错误"，几百里外你根本听不见。

普里戈任今天坠机身亡了，福岛第一核电站今天核污染水开始排放了，金砖领导人正在开会，田径赛破纪录了，南方也开始进入秋季了。我想我们在这里会经常有交集，我们或许正在看同一篇文章，我们的女儿也许今天都考了个不错的成绩，她们越来越好看了。

我们是在哪个时代相遇的，又会在哪个时代重逢，我们是不是在一个空间里？

可以确定的是，我们可以吃烤鸭了，而且我们一定会把鸭架子汤喝得干干净净。

另外，各位看录像的兄弟，这个周，王某五十大寿了。

英语敌人英语故人及英语友人

我的 friend，comrade QB 写了一篇文章叫《英语病人》，我吃饭的时候，就想起人到中年的现实问题，我得帮助他渡过这一关，到柳暗花明的新世界。我总有度人度己的菩萨心。

"Q，我传授你一个经验，你要好好掌握一个英文单词，pardon。"

"怎么说？"

我跟他说：我大一的时候，英文老师是一个非常好看的小姑娘，又很时尚，穿着我从来没见过的小皮裙，每次上课，我都不敢看她，怕有一种冲动。

我就看小说，外国的居多，都是翻译成中文的。

"这跟 pardon 有关系吗？"

"当然有，你听我慢慢说啊。"

那天我正在读小说呢，老师突然喊我的名字。我把书合上，慢慢站起来，我那时候英姿飒爽，有大儒气，处变不惊，心如止水。

我的老师对我讲了一堆英文。

我直视着她说：pardon？

她很有耐心，又讲了一遍。老师是个好老师。人是真好看，师德也好，耐心十足。

我困惑地说：pardon？

她也困惑地看着我，又把刚才的提问讲了一遍。

我更困惑了，我说：teacher，pardon？

我明显看出来她崩溃了。

她说：这位同学，请坐下吧。

她上课都是用英文上的。这是我第一次听她在课堂讲中文。我倒是第一次在英语课堂，全程英语发言。

我跟QB说：记住，你面对任何英语高手的时候，你就真诚地、诚恳地用这个单词，回应她对你说的所有的话。

外国的方言多了去了。你问三遍，他们就会知难而退，检讨自己发音环节出的问题了。

QB同学说：她当时内心里F**K你好几遍了！

我说这个老师其实已经很好了。比较过分的是大二的英语老师，男老师，很飒，来来去去，都是风驰电掣的摩托车。不拉货，只拉风。

我继续说：他是男老师，有优势。因为我不去上课，有一次他竟然跑到我宿舍找我。我躺在床上，确实在认真读书。

他问：你怎么不去上课？

我合上书，爬起来，认真而尊敬地跟他说：老师，我病了。

你是装病！

我一听就顾不得师道尊严了。我说：您作为一名老师，当听说您的学生病了，您不但不安慰他，您还直接侮辱了他的人格，我要去学校投诉您。

你怎么证明你有病？

我看了他一眼，打开抽屉，缓缓地拿出一张病假条递给他。

他摔门而去。

我有一整本病假条。因为得到病假条的路径根本不复杂。最简单的是到学校医院看几天，很快就能判断出哪个护士最善良，而接近这个最善良的小护士最好的方式，就是隔三岔五去打屁股针，打了几次，她就给了我一本病假条。

毫不夸张地说，如果我想用，用四年都够的。她后来去了外地，我还寄给她一张画。

第一件事情之后，女老师再也不提问我了；第二件事情之后，男老师再也不到宿舍喊我了。我是英语老师的天敌，他们是大米，我是老鼠。

QB同志的兴趣就来了，因为我隔着太平洋都能感受到他钦佩的目光，以及拍大腿的声音。

"其实这都不算什么，一个英语不好的人，有一万种方法证明自己英语很好，以及自己学习外语的精神和努力一直在线。"

我继续说：我到阿里巴巴的时候，我的同事（此处有沾光嫌疑）JACK MA，就是从小在西湖边跟老外学外语的那位，据说可以用英文说梦话，他总是教我Never never give up，我的同事也跟我说MA英语太好了。我就反问他：你觉得马总的发音是英式的还是美式的？

同事回答不出来。我就认真地跟他说：我听过几次，大多数是英语世界里的普通话，但分场合，有时候他就用美式英语，有的场合呢，他也会用英式英语，主要是看发言的场合，你下次现场辨别一下，其实很容易分得出来的。

后来他带我去欧洲，行程非常紧密，每天拜访四家企业，认真地做各种交流。我感觉每次还没睡，JACK MA就在催大家出发了。作为一家国际化公司，同事的外语都很好，可以直接做各种交流，而我就擅长思考和观察，这就高一个层次了。

每次交流，我都认真地看大家就各种问题发表各种看法，每隔十几分钟，我就在本子上写几句中文的概要，并对一些观点和发言的人，用目光点赞，毕竟公司事大，我用一句英语不说的方式，把宝贵的讨论时间留给了双方。

就这样撑了一个月，我感觉回到无声电影的默片时代。我想起卓别林，还有憨豆先生，他们英语应该也不会好到哪里去吧。但通过我的观察和体会，我对着一周的交流内容，得出一个总结：我们这边表达的主要意思是，你们公司真牛，我们学到了非常多的知识和启发；另外一边表达的是，原来中国还有这样一家奇怪的公司啊，他们对我们的未来充满期待。

回来之后，我就留意JACK MA的邮件，有时候他的邮件是中英文两份。中文的在上面，英文的在下面。我以前只看上半部分，回来后就特别留意下半部分。功夫不负有心人，我终于找到了一处单词的拼写错误，而且这个单词我认识。我立即给他回邮件指出了这个问题，并替他改正了这个单词。

英语再好也会出现错误的，这样一想，我英语再好，也不会好过JACK MA，但我替他改正过错误的英语单词拼写，你们说我的英语该多好。

时间久了，我的英文水平，大家也都知道了。我也不做什么辩解。我与世无争。

当他们发展到用我的英文水平开玩笑的时候，我就找了我另一个同事（此处又有沾光嫌疑）JOE。他祖籍湖州，整个老宅重修的时候，我是很努力的，我中文好啊。

我就跟他说：下次你发英文邮件的时候，提前跟我说一下，你把一些地方的语法和用词，搞错几次，然后再把错误的地方告诉我。切记！

他是一个真朋友。我都快忘了这件事了。他突然在钉钉里跟我说，我马上要在合伙人群里发一个英文的邮件，让大家提一下意见。这里，这里，还有这里，都是可以修正的。并且，他把正确的答案也一并附上了。

很快群里掌声响起来。都在说 JOE 的英文太好了。我没发言。当大家决定一致同意发出去这封邮件的时候，我说话了。

这样的邮件都是很重要的，每一句话都要经得起考验，我不知道你们到底有没有仔细看这封邮件，我觉得起码三个地方有问题。比方说这里，这里，还有这里！

群里有几个英语好的开始攻击我，说我连二十六个字母估计都记不全了，还这里那里的。

亲爱而伟大的 JOE 表态了：关键是，王帅指出的这些地方，提出的修改，都是正确的，我诚恳接受。

事实，只有事实，才是检验真理的唯一标准。那一刻我在公司的英文声誉，达到人生巅峰。汪国真说得好，没有比脚更长的路，没有比人更高的山。没有王某人改正不了的英文错误。

说完这些，QB 同学灵魂受到了深深的震撼，学习英文的思路和方法有了很大的提升。

我最后给他说了一个秘密。就是大学毕业卖各种书的时候，我从大一的英文课本里，发现一张纸条，是那个女老师写的，但我在她放了这张纸条之后，没有再打开过这本书。

纸条的内容大致是这样的：王帅同学，我看见你在操场打篮球，你篮球打得很好。我也看了你桌子上写的诗，也是非常有才华，但是这跟学习英语不冲突，英语会打开你的另一扇窗户。

我跟 QB 说：造化弄人，如果我当时看到这个纸条，我现在就可以做你的老师了，教你一百种流利的英文发音，德州口音的，哈佛口音的，印第安口音的，伦敦口音的，安特卫普口音的，哪怕印度口音的，我也能教会你。

我们一起学英语吧。

辑　三

我一直都在想搞明白自己

邱兵说张明扬会来跟我约稿子。我就一直等，等了好多天，张明扬转给我他之前写的一篇文章，《庚子之变的主题胡同游》。

我知道这是范本文章。主题定义在访古，高度和水准也参照该义水平。我就一直在读这篇文章。熟读唐诗三百首，一群八哥鸣翠柳。希望自己也能范进中举，所以暂时放下改变未来的想法，试试改造历史的手段，于是开始写这篇文章。

可我一直都没搞明白自己，再让我搞明白很久之前的事情，这种挑战是很大的。

十几年前，公司遇到一些事情，我的同事马老师就在办公室写字玩。我跟他说：您也给我来一幅。他欣然写了一幅巨大的字：明白人，糊涂蛋。那个蛋字比较难写，我说为了规范起见，您就在边上再画一个蛋吧。我感觉作品完成那一刻，达·芬奇又诞生了。达·芬奇画了一辈子蛋，都没有我这个圆。上款写了王帅，我让他又在王帅后面，添了一个"兄"字。画龙怎能不点睛，将来混江湖很管用。

我们自己都搞不明白，为什么我们让自己快乐起来的本事这么大，一瞬间把沮丧和无奈打败了，也没想到它们不讲规则，一次次爬起来继续虐我们。

家里装修的时候，我写了一首打油诗，觉得不错，就写在书房的屏风上：

聪明人，糊涂蛋。

苦力活，逍遥汉。

看红桃绿柳，弄柴米油盐。

喜粗茶薄酒，感五味咸淡。

瘦时有残荷顶戴，胖也如富贵牡丹。

相看两不厌，越看越好看，一百年不烦。

男女平等，彼此平身，钦此，上饭！

　　诗写得明明白白的，翻译过来就是快乐工作认真生活。但现实中我一直都在刁难自己和别人，搞得大家挺痛苦的。自己给自己添麻烦，连声麻烦你了都不用说。就拿这首打油诗来说，也是充满了浪漫主义色彩的。浪漫主义色彩，底色一般都不浪漫。卡拉不是一条狗，卡拉不是 OK，第一个卡拉不是第二个卡拉。

　　在我们烟台市福山区，那里的王姓族群以古现王最为有名。后来村里乡贤编了厚厚的一本族谱。

　　我终于搞明白我的头发为什么是鬈发了，原来我们来自云南鸡头村。你看，宁为鸡头不做凤尾。现实中太多类似的对立，宁为玉碎不为瓦全，不自由毋宁死，宁吃仙桃一颗不吃烂梨一筐。一切好像都没得商量，逼急了就牡丹花下死。

再扯回来。我们跟大名鼎鼎的王懿荣是本家，都有一种自豪感，话里话外，古现王的王都有一点莫名其妙的底气，现实中自己做得好不好，够不够，都不妨碍这种底气确凿地存在，我也是。我翻了一下家谱，白纸黑字确实是写在一系列的表格里。

为了切合约稿的主题，我需要补充一段的是，我刚毕业在北京上班的时候，地点就在东方广场，我特意跑到王府井大街王懿荣殉难地附近，发了一会儿呆。但好像就是发了一会儿呆而已。

我跟有些朋友提起过这件事，后来好多人会说：怪不得你这么有文化。后来解释就没有什么用了，因为这事本来跟别人没关系，是我自己有意无意地讲了这么一档子事，这就不能怪别人想象。

我就经常打击自己，天天要做一个谦虚的人，每每总有虚荣心作怪。

有段时间我想慢慢搞明白，这个印在一个家谱里，但跟我的家庭毫无关系的人。搞不清楚自己的人，最爱研究别人。在我们当地，以王懿荣命名的学校好像就有几所。还有纪念馆，他的身份首先被定义成一个伟大的爱国主义者。我对这个是有不同意见的。

我开始搜集跟他有关的资料，信札啊，碑帖啊，金石啊。我后来发现我们烟台博物馆还有一件镇馆之宝，是慈禧太后奖赏给王懿荣的翡翠鼻烟壶，是当地坟墓被挖开后，遗存的。

那个冬天有点冷。现在也经常有当年的冷风吹过，这我就很警惕。一个人被盖棺论定，不应该这么单一维度，人的结果是必然的，但人的一生，应该是丰富复杂千丝万缕的。

如果你在西湖，你肯定也会跟苏小小，好汉武松，豪杰秋瑾墓合过影，最起码你跟白娘子雷峰塔合过影吧。实际上是看上去特别好，都是重修的。

有一次我随便走，走到了陈布雷的墓前，再走走，还有陈三立墓，这里真的好安静。当然也有游人如织的岳庙。

我就是不太爱去岳庙，我不喜欢看秦桧他们身上的痰迹累累，而女性的胸部都被摸得发亮了。我搞不清楚历史到底是什么样子的，但现在的样子肯定不是我希望的。

我想我确实有很多希望看到的。

在安徽歙县，我在渐江的墓前，在瑟瑟杂草里，看到了有人来过，留下的花。我从那里下来，路过西溪，那里的河水清澈，祝枝山玩过，唐伯虎玩过，董其昌玩过，石涛玩过。

我也跟着女儿下去抓鱼，捉小虾，我看着流淌的河水，清秀的树丛，我想他们比我更清楚这一切。我想我即使一辈子都搞不清楚自己是什么样子的，但总有人知道你是什么样子的。我记得我的爱人给我说过一句话：

王帅，你这人啊，对自己一直没有一个清晰的认知，我比你自己还了解你自己。

这让我豁然开朗。一个搞不明白自己是什么的人，跟一个明白你的人在一起，是多么地重要。

没有声音的时候叫寂寞

早晨，我最喜欢待在浴室的花洒下面，流水之中，像孙猴子站在水帘洞里。这里安全温暖，哗哗的水声里，是没有任何人打扰的安静。

五分钟，十分钟，或者更久。把长长短短的事情，在心里一件件过一次，想明白，就出来。擦掉镜子上厚厚的水汽，看一眼镜子中的自己，知道过去的事情结束了，而今天也没什么可干扰自己的了。

别人还是别人，自己还是自己，最大的概率就是别人和自己，自己和别人，照例会发生一些关系和交集，未必在意料之中，但也不会有多少意料之外。

　　这个习惯由来已久了。我喜欢大雪和大雨。我喜欢在她们下面自在地漫游。下大雪的时候，雪中是昏黄的，雪花完整而温柔，不管外面多少嘈杂，但是雪里是舒缓的，是简静美好的，我和雪花亲密长久地交流，愉快得像鱼一样。

　　"山一程，水一程，身向榆关那畔行，夜深千帐灯。风一更，雪一更，聒碎乡心梦不成，故园无此声。"纳兰性德还是安静，慢慢地，世界跟夜色就会浑然一体了。此声故园也有，故园无声胜有声，人的内心也会慢慢快乐起来。

　　我在公司的内网，被员工贴了几百个标签。这是同事眼中的我。其实人一出生，随即就带来天生的标签，譬如男孩、儿子、好看、爱哭、调皮。这些标签随着自己的成长，会越来越多，稍不留神，你就会变成一个苦行僧，披着一个个标签拼起来的麻袋服，去越来越多不明所以不知所终的方向。

我在哗哗的水中，也会想起来别人以及社会给自己贴的这些标签。但是在温暖的流水中间，我一件件撕下这些标签，脱下了自己标签叠标签的百衲衣。我在自己的世界里，赤条条的，是一条不停游泳的鱼儿，是参差其羽的燕子，是一滴水荡漾开的涟漪，慢慢地向世界晕染开来。

　　我知道这是我自己的样子。如果我把手伸出水外，伸给水外的蝉唱蛙鸣，那就是一片声音连着一片声音；如果我把手伸给云彩，那就是一片云彩接着一片云彩；如果我把手伸给自己，就是把左手的命运交给右手；如果我把手伸给命运，就跟把手伸给自己一样。

　　我和自己握手言和，和世界和谐共处。

　　记得毕业不久，我在北京工作，恰逢一个雨天，我在雨中快乐地奔走。回来后写下这样的一首诗歌：

　　　不要害怕四月很快过去，

清明之后就有雨水。

没有雨水的春天，

春天寂寞，

没有回忆的爱情，

爱情寂寞。

没有波折的生活，

命运寂寞。

没有了最后的一支香烟，

是应该入睡的时刻。

是的，我这一路走来，听到太多的声音，这些声音，从来没有干扰过我，我在声音里面，流水之中，有时候寂寞，但从来没有空虚。我擦掉镜子上的水汽，看到自己的面目，在自己眼前慢慢地开始清晰起来，还好，还是我自己的那个样子。

我知道我要去工作了，我也知道今天的一天，别人还是别人，自己还是自己，最大的概率就是别人和自己，自己和别人，照例会发生一些关系和交集，未必在意料之中，但也不会有多少意料之外。

工作之前，我打开电脑，写了上述的文章。未来她可能成为一本书中的一页，被好奇的风翻来翻去，翻到了，或许是偶然，错过了，未必是必然。

我没有树洞，我有水帘洞。跳出去是孙悟空，跳进来是孙猴子。

即见如来

2023年之前，我写的文章都是短短的，因为大部分是在去公司或者下班的路上，用手机的记事本写的。

我怕忘记一些事情。如果一个人忘记的事情太多了，就相当丁生活的缺失同样多。

白活了。

我患得患失。

我希望我记得我生命中的每一天。这当然不可能。一滴水滴落在湖面，你不知道最后一个涟漪到了哪里，整个湖面或许都改变了。

但我现在的文章也写不长。因为我一准备写的时候，就想，这个文章我想过了，好像也没有必要写了。

这算好的，我见人更麻烦。有时候见了，我想我真不想说话，我就笑，笑得嘴巴都僵硬了，给人添堵，所以一句话也说不出来。

我随即明白了古诗词。写那么多字干吗？够了就好。我也想起有好多次我提醒同事，你不要跟海外的律师花太多的时间，他们是按小时收费的。你想一天结束事情，他们想收一年的钱。

但很多场景我确实记得异常清楚。有时候我甚至想，生活不是由时间构成的，而是一张张影像构成的。有记忆的时间，才是时间。

我就开始看之前的片段，今天看到这一篇《即见如来》，我觉得作者是个人才啊。这个人写得好。

他是这么写的：

大家都说，电的发明，给世界带来光明。但我那天听到女儿唱歌：火神火神火神，给我们带来光明。

　　大人的理性，跟儿童的理性，是不一样的理性。

　　最美的光，莫过于烛光了。银烛秋光冷画屏，轻罗小扇扑流萤。烛光里的妈妈最美。当然还有月光，星汉西流夜未央，月光里的爱人最美。

　　我每次想起烛光，就会想起她们。

　　我还喜欢台灯的光。她没有那么浓烈。你远处看她，她就是覆盖着小小的你读书的所在。她是温柔的。

　　我一直不太适应一本正经地坐着读书。我喜欢躺着。在台灯的，刚刚好的灯光里，躺下，调整好自己最舒服的姿势。一只眼看书，像是在瞄准。

　　我军训的时候打过靶。还打过两次，全部是

0环，而且是脱靶的那种0环。我想我大概就是著名的爱情射击运动员西蒙斯，用脱靶的方式，收获最美的爱情。用前人的话说就是：始虽垂翅回溪，终能奋翼黾池，可谓失之东隅，收之桑榆。

我的教官也安慰我：你看，你是所有同学里面，最快打完的。

我看书看到一个舒服的状态，心开始静下来。我就会闭上眼睛，但是手一定不要放下书，这种感觉最美妙了。就像美食家，吃到最心爱的东西，浓到闭上眼睛。

昨晚就是这样。而且昨晚的雨声，在窗外很美。我能想象到荷花肯定低下头了，含羞草的叶子卷了起来，池塘的小鱼开始不好好睡觉了，一切都是那么地生动，一直生动到梦里面。

昨天我看的书是孙犁的《曲终集》。

曲终人不见，江上数峰青。一切还是实事求是安安静静不以物喜不以己悲的好。

是啊，记录这个片段的时候，一眨眼的时间，七八年就过去了。

人生真是，应该聚精会神，眼睛一眨不眨。人生能有几次眨。

这个道理我现在明白得一塌糊涂，可是我一点也做不到。我习惯回忆和想象。

当时过去的那些场景，我一辈子也不会忘掉。

我在过去的一首诗里写过：

不要害怕四月很快过去，

清明之后就有雨水。

没有雨水的春大，

春天寂寞，

没有回忆的爱情，

爱情寂寞。

没有波折的生活，

命运寂寞。

没有了最后的一支香烟，

是应该入睡的时刻。

是的，因为这些场景，时间跟我永远在一起，我们彼此相爱，过去永不消逝，而未来是花枝招展的小姑娘，蹦跳着向我们扑来。

濠　上

当路边水杉过渡成闪亮的桦树的时候，我们也就从南方到了北方。这次去北方正值麦收，风吹动麦浪和白桦树的叶子，隔着车窗，也能听到河流流淌的欢乐。

田野一下子开阔起来，这一路是平原区域。还没有黄透的麦子，一片片辽远地铺展开。到了麦收季节，在金黄浅绿的麦芒上面，往往会浮现星星点点的土尖，这是当地的墓葬，麦子几乎把它们掩盖了。

他们的墓床，就安置在自家的麦浪之上。

我这一行，是跟随一群师友去河南河北访碑。这对我来说是第一次。行程很满，对我是挑战。我很少离开杭州，即使离开，基本也是当天往返。我好像把自己搞得很忙，实际上就是不爱出门，2022年的时候，财务告诉我，我的全年的差旅费用是九千二百块。

　　一行人到了龙门石窟，当然让人震撼。但是我又说不上什么。发古今感慨，叹千年兴衰，那些词汇和感情都被《文化苦旅》余老师充沛完了，匀给我们一点点，那也足够多了。

　　我就在一棵发愿树下停下来。树不大，触手可及的地方，挂满红红的祈愿牌子。

　　我一块块地慢慢翻看，祝愿健康，祝愿父母健康，祝愿幸福，祝愿家庭幸福，祝愿爱情幸福。突然翻到一块，写着祝愿世界和平，这让我感动。我看着对面的残破但雄壮的石窟，想起几十年的短短时间，造佛，毁佛，这么密集。但总有人企盼和平，并愿意为它付出。

一路还有那么多的帝陵。有的帝陵，封土残破，如同一只脱毛的病狗，好像打个瞌睡，就会消亡。有的帝陵经过"抢救性发掘"，顺着甬道走下去，空气凉得刺骨。在这些帝陵之外，还有很多贵族墓以及家族墓，修葺整齐，买了票谁都可以进去看看。

我们都有十万个为什么的精神，同时又有愚公移山的能力。我们用愚公移山的韧性，用十万个为什么的想象，建立起这些，我们又用十万个为什么也挡不住的愚公移山的精神，把它们一一解构，让它们四海漂流，让它们一个个进入一个个的博物馆。

在嵩山的时候，我被几棵古柏震撼了。它们虬龙一样，有四五千年的历史。我问我的师叔，植物的寿命到底多长。回答好像也很简单：我们自己还没搞清楚自己，它们却已经注视了我们几十代。

我就突然觉得，这一路下来两三千年的历史，曲曲折折，但时间依然坚定向前，可我们一茬接一茬，都会在百年内更新迭代。时间好像是永恒的，不断进化，而我们是短暂的，昙花一现。我们想进化得好一点，但是时间不够，而时间神秘莫测，掩口不言，看着一切。

时间太快了，但人类进化得又太慢了。我就想去花果山问一下孙悟空，最近如何？八戒娶了几个老婆？唐僧肉有没有贬值？沙和尚帘子卷好了没有？一万年后，大师兄说没说，我爱你紫霞？

让人震撼的还有响堂山的摩崖刻经。我拿着手机，在那些崖壁上随手拍了几段经文。我还没有去看我拍到的是什么。我想明年的这个时候，或者再晚一点，把这些随手拍的照片翻出来。回想一下我为什么拍了这句经文。而这些零碎的经文，或许普度了众生，或许会在某些领域启发我。我喜欢生命中的偶然性，我不太爱做研究，我担心错了，就会一错再错，而我们永远没有草船借箭的运气，更多的是将错就错错得光荣的可能。

这一路走了十几天。返程的时候，麦子已经收割完了。大地金黄而且平坦。这让那些之前被麦浪掩盖的墓葬，一览无余，星罗棋布。我透过车窗，久久地跟它们对视，没有什么欢喜，也没有什么悲伤，就是彼此安静地看着，直到车过中原，我到了杭州。

有了高铁，我们似乎就达到了庄子说的御风而行，日行千里，抟扶摇而上者九万里，野马也，尘埃也，末数数然已达矣。

庄子还说：至人无己，神人无功，圣人无名。我是世间俗人，我脱不开自己的纠结，没有功业可谈，我再次想起那一路星罗棋布的墓葬，我想我们的经历或许很相似。我不是圣人，我叫王帅。下次路过，就是重逢，记得彼此打个招呼，也算是默契的朋友。

诗人顾城有一首诗叫《墓床》，我很喜欢，摘录在下面：

我知道永逝降临，并不悲伤

松林中安放着我的愿望

下边有海，远看像水池

一点点跟我的是下午的阳光

人时已尽，人世很长

我在中间应当休息

走过的人说树枝低了

走过的人说树枝在长

是的，阳光洒满了中原的土地，照耀在他们身上，也照耀着路过他们的我。

这样的旅程，我想多来几次。微斯人也，并不是一件快乐的事。

读到这里的朋友们，我们一起来吧。

我在阿里的二十年

今天晚上，我其实有点恍惚，觉得自己，以及只属于自己的一个时刻在召唤我。

我知道，过几个小时，就是我入职阿里巴巴的二十整年，起点是 2003 年 12 月 1 日。

这是命运给我的一个礼物。即使经历过了，我也不想拆开她。但她改变了我。我不想拆开这个礼盒。我怕拆开这个礼盒，我还没有理解她，很多珍贵的东西就飞走了。

我是一个充满梦想的人，我不追求梦，我追求想。我不爱回忆，回忆有温情，但回忆可能偏离事实，我追求有意义的事情，我喜欢想象。我不喜欢做重复的事情。

我从来不害怕挑战，我知道挑战成就了我。

那我想表达什么呢？我想就是真实并且诚恳地对待这二十年。我想我未来还有一个辉煌的二十年，我希望是从这个起点，到另一个领域，最终回到自己的初心。

这是我给自己的一个总结和希望以及感恩。

我从来没有听到过梦想破裂的声音，我的想象生机勃勃。

谢谢在阿里巴巴的二十年，以及一起共行，既有梦又敢想还能干，还能彼此温暖的下一个二十年。

我看到阶段性的低谷和挫折，这是挑战我们的永不放弃的价值观，是考验我是不是一个有梦想的人，活在过去还是未来。

我今年五十岁了，但不是老王，我想再过二十年，我才三十岁，刚刚到二十年前，我到阿里应聘的时候，是一个叫王帅的生涩的年轻人。

永远不散的宴席

那天天气真好。天上的云彩，慵懒得像打瞌睡的狗。

我想该开席了。院子里立即就出现一堆朋友，餐桌是欧洲皇家式的，上的是白葡萄酒，面包和吃不完的肉。

我跟我面前的美女律师说：你那官司怎么打的，还真打输了，我们要喝一杯，我们就怕万一打赢了，又说我们仗势欺人。我们全公司浑身都硬，现在就怕嘴硬。来，干杯！

这酒喝的，甘甜得像趵突泉和虎跑泉的水，酒量也是天下第一和天下前三之间的切磋。

我哈哈大笑，出门撒尿。突然隔着墙头扔出来几个蛇皮袋子，我就跟着跳出墙头的几个人往前跑。

大家竟然都认识，他们说：你也跑啊。我说：要跑赶紧跑，这酒这么喝下去，2025 年也不会结束，现在不跑，就跑不了了，我们现在才叫行走江湖。

跑了不久，我们提议说该喝酒了。正好停下来的地方，挂了一条火腿，我们随地一坐，又是一桌宴席，我两个女儿也跟上来了。她俩吃得很欢快，就是不爱搭理我。

坐在我对面的是我老师。我坦诚地说，我那时候英语课不上，导致我现在在国际交流和发展出了问题。这时候一个小男孩给我包了一个烤鸭，说：爸爸，别老说话，多吃点东西。

我很感动，他又递给我一个。

我数了数女儿，看了看这个孩子，我问：你妈妈是谁？小男孩说：你吃完这个再说，你可能不记得了。

我真不记得了，但是我醒了。我昨天从老家烟台回到杭州，今天要去丈母娘家吃席。现在天还没有开始亮，但这个梦真美好，我就拿起电脑开始写文章。

我特别喜欢做梦。但是后来我睡眠不好，睡眠不好是做不了完整的梦的。

我就去找医生。

医生，我觉得我有失眠症。

你跟失眠症一点关系都没有。

那我是不是抑郁了啊？

你抑郁？他竟然笑了。

你不觉得我重度抑郁吗？

你抑郁了？谁抑郁了，你都不会抑郁的，你就是多动症加脑子乱想症。

医生给我确诊了。但是我就是睡不好。

你总得给我开几片药啊，我症状很明显。

他给我开了几片药。

这是治癫痫的啊！

你用脑过度，接近癫痫了，不开这个药，开什么药？先把你的脑子弄得麻木一点，其他的都好了。他又说，你其实什么都不用吃。

我回家就按时吃。我爸的话我都不听，我就听他的。我想要一个完整的梦。

可是我的失眠没有治好，但是我的梦从此就不连续了。

我以前做梦最美好的时候，就是不知道什么时候睡着了，什么时候醒了。

但我现在做梦分两个步骤。

第一个步骤，我先吃那种药，再加一点安眠药，等着把自己搞睡了。

这个步骤好像都是昏睡的。没什么梦。

醒得早了，我竟然又睡了，才会有清晰一点的梦。

我觉得做一个清晰的梦真是太好了，太幸福了。

你遇到危险了，你无路可逃了，你会醒过来的；你遇到温情了，升级了，你不愿意醒过来；你梦到女儿了，黏着你，喊你好爸爸，你觉得生活很美好；你梦到地震了，你紧张得一塌糊涂，你觉得世界的末日要来了，你觉得自己好多话还没有说，但你还会虎口脱险，因为你也会醒过来。

即使你梦到开会，连续开了一天的会，最后都会有人跟你说散会了。

这个世界真奇妙。

就在年前，我醒了，醒来后我很幸运地，很幸福地又睡着了。

等我醒来的时候，就看到我的同学给我发的信息。我很清醒地起床，收拾一点衣服，去机场。我的一个同学去世了，那一天，去世了好多人。

我想起来一件不是梦的事情。

当年我去上大学，在车厢里碰到他。我们考的是一所大学。我们挤在走道上，他把他屁股下的报纸撕开一半给我。

我们一人一半报纸，整夜都在想象要去的地方，好奇地打量着满车厢的各种人。

我想起那张报纸。

我想，

这张报纸，一半落地了，它是厌倦了往前飞吧。

这一半还在飞，其实也不知道风往哪处吹。

当时那张报纸写的是什么，我们都没有看过。

我想，

可能一半写的是理想，另一半理想还在风里飞。

这是一个破碎的梦吗，还是一个完整的人生？

但今天早晨的梦是这么美好，美好得比生活还真实。

真实得不像是我们要睡觉了，而是生活需要休息一下，在生活休息的时间里，宴席永远不会散场，所有的离别都会重逢，一切都那么自然，自然得像花儿开了一样。

生活爱傻瓜

十几年前，我招聘到一个非常优秀的小伙子。

丰神俊朗的帅气，阳光灿烂，毫不怯场。他只要一加入我们公司，我就变成王不帅了，当然这也跟我们团队的男同学，大多少年秃顶有关。有的秃的是一部分，有的剩的是一部分。

后来我跟他聊天，不知道怎么就聊起来二十世纪九十年代风靡一时的国际大专辩论赛。

他说：这个我太熟悉了啊。我还是当时的最佳辩手。

我当时就警惕起来了。我说：当时面试的时候你可没告诉我啊。

他说：你还没看我的简历就说让我来上班的啊？

我说：你知道什么叫辩论吗？

他说：就是抽到甲方，就说乙方的观点是错的，抽到乙方，就说甲方的观点是错的。

我说：就是毫无立场了？

他说：哪有什么立场啊。

我说：你是最佳辩手，那是不是最没有立场的啊？

他说：我还是有立场的。

我说：你在没立场的时间里表现得太好了，我比较怀疑你在有立场的时间里，表现得挺好的。

谈完没几天，正好边远山区要开荒。他就拎着把铁锹去开荒了。东南西北中的十几年，荒地开得差不多了，收成还不错。赚钱赚得也不少，经常让我签各种文件。

我说：我恳请您，能不能我签完之后您再签？

他说：谁先签都一样啊。

我说：那不能这么说，你的字写得太难看了，我看了之后就不想写字了。

我又补充说：你知道你的字为什么写得那么难看吗？因为大家在练字的时候，你在赛场练嘴。

就在前不久，他出去创业了，他还说服了我，陪他一起干，而且我还是副手。最佳辩手的攻击力一直保持在线状态啊。

我认真地跟他探讨：黄董，您看咱是不是还是按照老规矩，遇到签字的时候，我先签完，您最后再笔走龙蛇一锤定音。

他说：那你就还是先签字吧。

我说：是的，这样你可以继续跟着我练书法。

我挺讨厌辩论的。我想如果回到事情的本身，就事论事，是一个最好的事情。事情哪里有绝对的对或者错呢，事情往往犬牙相错血浓于水安能辨我是雌雄同床异梦还领了证。

我的老师曾经有一个三千万理论，后来我补充到四千万，他说我补充得很好，慷慨地把这个理论的版权无偿地赠送我了。

他说，我曾经有一个所谓的三千万的理论，嘿嘿，就是说这世界，是千差万别的，这是一个千万。第二个千万呢，就是世界是千变万化的，这是第二个千万。第三个千万，世界又是有着千丝万缕的联系的，这个千变万化，千差万别，千丝万缕，这三个东西都要连起来组成一个整体。

他说，看不到千差万别，你就没有容量，看不到千变万化，你就不能够与时俱进；看不到千丝万缕，你就没有妥协，没有融通，缺少一种整体把握时空的能力。也只有把这三个联系起来，这个人才不枯，不燥，不难看。

借此机会，我又把我的另外一种理论，嘿嘿，跟你说一说，不是理论，就是一种观点。我认为，一个人有他的价值，还有一个他的价格，几乎所有的人的价格和价值是不一致的。

比方，我在泰安一中。做黑帮的时候，那时人人都可以唾骂，每天劳动，我这个价值啊，就是五分钱吧，但是我当时的思想比现在还要好，我的价值可能是一百块，但是我的价格只有五分钱。

到了现在我八十多岁了，我的价值没有多少增加，如果是过去，你说我值一百块，现在最多值一百二十块或者一百三十块，但是我现在却由五分钱的价格变成了一千块、两千块，所以我这个价值就不符合我的价格了。我觉得这种情况差不多都有、都存在，这个世界不存在绝对的公平，以及这个环境机会对人的一种不可言说的影响吧。

一个人清醒地看到自己的真正的价值，又看到当下的价格，可以比较冷静清醒，把控或掌握尺度，加强自我的一种修养，而且也可以看重别人或者藐视别人，把他的这两个差距看清楚，那就不俯仰于天地，在强者面前不自卑，在弱者面前不自大。

我说：老师，三千万可能还不够，没有经历干辛万苦，是不会懂得上面的道理的。四千万最懂三千万。

你们看，我们对生活这个东西理解得多透彻啊。但实际上可怕的为辩论而辩论的思维存在太久太深了。抬杠抬了几千年了，都发展到抽出抬杠抡着棒子就上的地步了，热闹得一塌糊涂，乐此不疲，红旗招展，人山人海。

前段时间我又看了一场热闹，什么不要报考新闻专业，新闻理想主义吃不了饭。我怕手机费电，就没点进去看什么内容了。无非是广场辩论赛，抽到甲方，就说乙方是错的，抽到乙方，就说甲方是错的。

但我知道基本的事实一直都在。因为 2015 年我看过一篇文章，是一个叫邱兵的人写的，其实整篇文章都很好，我只能摘录一段：

年味渐浓的晚上我在半梦半醒、辗转反侧中

回忆了这一年，还有这一年前的很多年。好像我也陪了很多的酒哦，还赔过很多的笑脸，每一杯是不是值五百块，没有认真计算过。但是我确信所有的加在一起，都值不上十八岁那年，我在朝天门码头和妈妈道别去复旦新闻系读书时说的那句话："我要当一个好记者。"

我其实一直以来就想做一个好记者。到最后我成了跟记者打交道的公关。我看完这篇文章就跑去上海找到这个好记者。

这个好记者现在我在微信里把他备注成"钟楚红"。

我每天都和钟楚红一起，两老无猜，举案齐眉，目不斜视，心如止水地认真地写"天使望故乡"。

这篇文章我希望原来那个国际大专辩论赛的最佳辩手——我现在的老板，看不到最好，他的微信名字叫黄世仁，原名叫黄磊。

辑　四

心底澄明，生命美丽

1945年8月15日，就在举国庆祝抗战胜利的日子里，刚刚十岁多的宋遂良，带着一身兴奋，赤着脚（鞋子在欢乐的人群里挤掉了）回到家。第二天早上，他的叔祖父递给他父亲一封信，信里说，他亲爱的母亲在逃难中已于四个月前病亡（只有三十四岁）。

宋遂良生命中最高兴和最悲伤的一个时刻，就这样同时来到。

命运用难以接受的现实在考验着这个少年。1949年，宋遂良考入华中人民革命大学湖南分校，后分配至民航又整编入空军部队，先后学习报务和做文化教员。转业后的宋遂良，于 1956 年 7 月 15 日和 16 日，在杭州参加高考。他清晰记得作文的题目是《生活在幸福的时代里》。

踏入复旦大学的宋遂良，在此后的岁月里，对自己的老师有诸多怀念和记忆，感恩近乎虔诚。

他因为是湖南人，所以成了湖南籍老师周谷城先生的课堂口语翻译。他记得周谷城先生说：我周某人一不靠天，二不靠地，我靠的是自己。他还记得周谷城先生说：幽默是智慧的外溢。这一切，肯定在某种程度上增强了宋遂良的内心坚毅，也让风趣和快乐像浏阳河水般流淌。

教他们那级古代汉语的是张世禄先生，张先生说，但凡老师讲的你听不懂时，有两种情形：一是你听得不专心；另一种则怕是讲的人自己没有弄明白，你听不懂的地方，也就是他糊涂的地方，你不要以为总是他学问深，你水平低。

张先生是这样要求自己的，宋遂良自此从教七十年，也以老师为榜样严格要求自己。他的自我认同就是做好一名普通的老师，一个老师应该"上课有瘾""好为人师"。

对宋遂良影响很深的老师还有蒋天枢、王运熙、蒋孔阳、朱东润、刘大杰、赵景深、鲍正鹄、夏仲翼诸位先生。宋遂良的吟诵得天枢先生真传，可谓惟妙惟肖。宋遂良曾经说过，很想写一些追忆先师的文章，但深恐自己的一知半解，以偏概全，损害了先生们的学术光辉和人格完美。

也许正是这些先生们的言传身教，丰富了宋遂良的学养，完善了宋遂良的人格，充实了他的内心，强健了他的忍耐和坚强。否则，是什么力量，能让他度过那四十年的苦难时光？风华正茂之际，已是满头冰雪。

当他再一次获得发表作品的权利，站到新的讲堂上，他只是总结成一句：感谢改革开放，拿历史当坐标，就很容易看清时代和个人的变化，祝我们的祖国安定，科学，民主，多进步。

2018 年 9 月，在泰安一中九级一班老同学（这是宋遂良的第一批学生）举办的毕业五十五周年聚会上，他说，我善意地告诉大家，一个是生命是短暂的，要珍惜它，要爱护它；一个是世界是不公平的，不要委屈，不要抱怨，不要攀比，不要眼红，命运既然是这样安排的，我们只有欣然接受；一个是希望你们能够认识到人性的弱点，要带着一颗宽容的心去看待别人。

1999 年 12 月 31 日这天，宋遂良在文章里写道：当新旧世纪交接的时候，我看到世界的宽广，历史的浩瀚，人类生生不息的元气；我的心已澄明，情已欣悦，提笔写下了本世纪以来我最早写下的几个字：生命美丽。

因为展览需要，我给老师的展览写了个展览前言。写得很紧张，力求实事求是。下面是宋遂良先生的简介。

宋遂良，1934年生于湖南浏阳，曾就读于浏阳金江中学、南京第一中学、江西樟树中学；1949年考入华中人民革命大学湖南分校，后分配至军委民航学校学习报务，1952年整编入空军，次年任文化教员；1954年10月转业至中国人民银行海宁分行；1956年考入复旦大学中文系，1958年在"整团"中受挫，1959年在《诗刊》发表文学评论处女作；1961年毕业分配至泰安一中任语文教师，1981年被评为特级教师、山东省优秀教师；1983年调入山东师范大学从事中国现当代文学的教学与研究，曾任现代文学研究中心主任、副教授、教授、硕士研究生导师；系第一、二、三届茅盾文学奖初评委；出版《宋遂良文学评论选》《一路走来》《足球啊，足球》《在文言文》等；1994年离休；系中国作家协会会员，山东省作家协会理事，中国当代文学研究会理事，山东省当代文学研究会副会长，山东省散文学会顾问，山东省中学语文教学研究会顾问。

春风最随美人意

2013 年 3 月 20 日，我的双胞胎女儿出生。两人的体重总和达到了十一斤。

我对女儿的降临充满惊喜，也对她们妈妈的付出充满愧疚。我爱人已是高龄产妇，为了让孩子出生后更健康，她坚持到足月，睡觉只能倚着床，坐着睡。接生的医生欧阳妈妈说：你真是不要命了啊。

我希望我的女儿日后能永远记住这件事情。当时妈妈是希望你们在她的身体里尽量多待几天，充实更多的生命能量，而爸爸则是希望你们早点出生，我看妈妈的能量快被你们耗尽了。

你们的到来改变了我们家的生活。爸爸是一个敏感而倔强的人，外表谦和，内心充满各种反叛和骄傲。但我很清楚自己的改变。这些改变跟你们俩有关，跟妈妈有关。爸爸有一首诗其中两句是这样的："月移花影香满室，此生只对她低头。"这里的她，就是你们仨。

你们出生后，爸爸开始留意这个世界上一切跟你们有关的美好的事情。就在不久前，爸爸还请白谦慎先生写了"春风最随美人意，为她开了百种花"的字给你们。爸爸喜欢买周昌谷先生的小女孩以及程十发先生的小女孩，爸爸看到小女孩，看到美好的事情都会联想到你们身上。

这是爸爸收藏的开始。从美好的事情跟你们的关联，慢慢延伸到美好的事情跟自己的关联，那些创造美好的作品的人，和我的关系。到今天，爸爸收藏已经十多年了。爸爸想把自己收藏体系的近现代部分的作品，做一个阶段性的总结。美好的你们和那些创造美好的那些人，都让我们的生活更加丰富和充盈。

爸爸把这件事情的起源，在这里交代清楚了。因为你们以后长大了，会很好奇爸爸为什么喜欢上了收藏，为什么这么爱这些画。

上述就是为什么。

爸爸用这段平常跟你们交流的方式，作为这本集子的开始。接下来爸爸还有很多老帅，会在后面给你们讲这些美好的作品和创造这些美好的作品的那些人。这会帮助你们更好地理解她们，也丰富你们的世界。

你们肯定还会有自己的理解。因为你们每个人都是独一无二的美，有着独一无二的逻辑，独一无二的判断。

世界因为你们的存在而更加美好。

2023 年 4 月 3 日

做有意义的事

——芸廷当代纪实摄影收藏记事

　　六七十年代出生的人，大多有说不清的责任感和情怀。既现实，又浪漫，如果没有严格的界限标准，那也可以这样说：这群人其实是一群本分又有内心追求的人。

　　他们躬耕于野，先把本分的事情做好，而一旦时代激荡，同样激荡的就是他们的浪漫想象，以及做事就要做到底的韧性。

　　"星垂平野阔，月涌大江流"，这种大自然的阔大时空感，他们有；"事了拂衣去，深藏身与名"的潇洒，他们也想象。这种责任和情怀，能够支持他们度过一地鸡毛的琐碎，日复一日地重复，但他们内心绝非纸扎泥塑，而是坚韧生动。

他们都有想做一点有意义的事情的执着。

那什么是有意义的事？他们的标准又是什么？

2016 年的一天，我跟刘树勇先生谈了很久江南的秀色，回忆北方的粗糙和质朴。

他停下来问我：有一件有意义的事情，你想一下，这个事情需要坚持。

那天说的就是中国当代纪实摄影。

毫无疑问，中国当代纪实影像对我是一个陌生的领域，我们随即对话题中的这个领域的选择标准，达成了一致。简单归纳，就是摄影师自己对自己内心的诚恳、坚持、付出，以及个体的天分和顺应时代变化的种种外因。

影像都是过去的事情。但于我而言，过去的我是当下的我，当下的我是未来的递进而已。我们不奢谈其他，我们用作品本身，做衡量选择的标准。

小而大之，就是从个体不自觉的经历，组合自觉的先行者，践行者，努力者，坚持者。把个体的过去，尽量接近群体的过去，把群体的当下，尽量逼近递进的未来。

这就是芸廷当代纪实摄影收藏的初衷。

感谢那个年代群星闪烁的摄影家。能够让我们有扎实的群体展现，弥补个体创作的单薄和片面，也正是有了扎实的群体展现，才能更好地用更大的视野反映对应的时代，并使得这些作品，从单纯的艺术展现，成为群体不可或缺的整体组合。

从谈起这件事到今天，这项工程已经有些模样，他最终用什么样的形式展示，我想还是用时间做考核。

野百合也有春天

——写在吴正中摄影展前

游历，远足是一个传统。三教九流，概莫能外。孔孟周游列国，孜孜以求，口干舌燥；孙悟空架起筋斗云，十万八千里，到最后还是没逃出如来佛的手掌心。

但有些人在我去哪里的时候选择了我在这里。既是立身之处，也是心安所在，其间还折腾出好一片风景，让人一笑，一静，一思，一悟，让自己的所在之地，成为别人的想去之处。

吴正中先生就是这么一个人。积几十年时光于一瞬。你说他伟大吗？算不上伟大，伟大确实离我们太远了。你说他容易吗？确实不容易，而且了不起，有价值，可以把镜头下过去的时间，展现在今天之后的相当多年。让每个场景都水淋淋的，每个场景里的人，鲜活地在眼前。

我记得当年那套《面具》系列，青岛大妈火了。她们怕晒，怕虫咬，她们青春不再，皮肤失去弹性，体态匹配年龄，松松垮垮但真实无比。简直是掀开华丽的袍子，看一下真实的现场。没有遮遮掩掩，自怨自艾，好一派人间气象，生活冷热。

哪来岁月从不败美人，但大可不必美人辞镜花辞树。事实是咋样？爱咋样咋样。时间这个东西，就是永远不告诉你结果，但你自己要咂摸过程。所谓往事如烟，飘在眼前，冷冷暖暖，酸酸甜甜。

什么样的人拍什么样的东西，什么样的心，决定眼前的取向。

去哪里呢？大鹏鸟说：有鸟焉，其名为鹏，背若泰山，翼若垂天之云；抟扶摇羊角而上者九万里，绝云气，负青天，然后图南，且适南冥也。

小麻雀说：彼且奚适也？我腾跃而上，不过数仞而下，翱翔蓬蒿之间，此亦飞之至也。而彼且奚适也？

每个人有每个人的去处和选择，每个人有每个人的外在和内在世界。发乎于情，止之以礼，动若脱兔，静如处子，心安之处是吾乡。

日出江花红胜火，野百合也有春天。不懂摄影的，写了个貌似跟摄影有关但无关的东西。

好的和不好的都是自然地存在

——《这个世界会好的》序

　　"天天正能量"是一个坚持七年的公益项目和团队，也是阿里巴巴公益的一个重要部分。她还会继续坚持下去。我想借这个机会，把我们为什么要做这件事情说清楚。

　　在阿里巴巴的文化里，我最喜欢的一条是"因为信任，所以简单"。我在心里经常做一些引申：因为信任，所以温暖；因为简单，所以美好。譬如，世界因为女性而美好，烛光里的妈妈，外婆的澎湖湾，同桌的你，疫情中的医护，保洁的阿姨，都是这么淡然地存在，但又自有光辉。

记得大约十年前，那个时候社交媒体开始风行。有一段时间我一打开电脑就感到窒息，这个世界好像一下子变得如此复杂、对立和撕裂。这不是世界的全部，但是突然之间成了全部。我和我的同事在那时达成了共识，我们需要"正能量"。她不是因需要而被制造，她本来就在，只是她安静，被风尘遮面。

"天天正能量"所有的初心和方向就在于此——让美好的事情被更多人知道，让爱和感动传递。如果没有了爱和善意，这一生，就如同天空没有了月亮，花儿没有了香气，鱼无水，饮无酒，也可能就是居无竹，食无肉，冤无头，债无主。

人言俗难医，但总要试试，这一试就到了今天。

我代表阿里巴巴感谢这支团队的坚持，也感谢合作伙伴的支持，更感谢每个感动过我的案例，让我跟这个世界彼此融入，愉快相处。

我们做得其实远远不够，既然做得不够，那就继续做下去吧。

各自滋味如何？

今年浙江文艺出版社将结集出版公众号"一食谈"的部分作品，同事嘱托我写一个序言。

其实就是在去年，当我从前一段的工作阿里巴巴，转到新的频道的时候，自己已经五十岁了。我希望这个频道是自由之道，而非赛道。在这个道路上，有那么多的风景要欣赏，有那么多回忆，还有无穷无尽的想象。

二十年走来，我有些疲惫了。做事已经有惯性的趋向。这对我是不能原谅自己的，我不想做重复的事情。重复会影响每一天的质量。

我想用文字把新的道路记录下来，我相信文字有精确的表达，文字是白描的一弯新月，是呼啸而过但又被你拽回来的风。

我先是和我的朋友邱兵，开始了"天使望故乡"的公众号的写作，后来又跟旧友，开始了"一食谈"

的写作。

这两个新事物，有相同的地方，当然也有很大不同。"天使望故乡"如同"饮罢低眉无写处，月光如水照缁衣"的内心复杂写照，而"一食谈"则多炊烟四起，热气腾腾，不同滋味的细节和当下体验。

如今这两个公众号各自运营都到了一年的时间。我们结识了越来越多的作者，我在这里不一一罗列。他们的文章，就是他们独特的味道。

为什么起名叫"一食谈"，出发点也很简单。一箪食，一瓢饮，在陋巷，人不堪其忧，回也不改其乐。

这是生活一种，也是百般味道。

所以"一食谈"从一开始，谈的就不是美食，而是生活，生活里的人，以及不同的人在生活里品出的味道。

往事并不如烟，生活也不总是风轻云淡。生活里的喜悦，经常轻飘飘地散了，而那些沉埋的记忆，往往有多清楚就有多残酷。

食物是时间的门。时间的背后有离愁别绪，也有似水年华。时间是父母在你的童年里留下的爱和责备，是挥之不去的饥饿感，是故乡的炊烟与云朵，是不断路过的人间草木。

如果没有被记录，时间便只是时间。

在我们最初邀约作者的时候，大部分人都说，已经很久没有写过这样的文章。我们忙于在各自的赛道上奔跑，忘了还需要停下脚步，打捞心里正在变得微弱的声音。

非常感谢我们的作者，他们是洞见之后仍然热爱生活的人，他们无私且勇敢地直面记忆，触摸人间滋味之幽深，将它们变为诚实的文字。

今时今日，耐心是稀缺品，耐心地写作更是与时代的喧嚣背道而驰，但我们仍然相信文字的力量，尝试执着于一些恒久不变的价值。

过去一年，我们和作者之间时常相互鼓励，尽力在琐碎的生活中找回平静，让内心的敏锐慢慢解冻，让真实的感受一点点地重新流淌出来，于是便陆续有了这些文章。

时值杭州酷暑，我脑子里却想起"晚来天欲雪，能饮一杯无"的感觉。

因此先举杯，敬一下各位亲爱的作者和读者。

干杯。

一日长于百年

《一日长于百年》，是吉尔吉斯斯坦作家艾特玛托夫的小说的名字，也翻译成《风雪小站》。

他的其他作品有《白轮船》《我的可爱的小白杨》等。我对广义的俄罗斯作家有着特别的喜欢。帕斯捷尔纳克的文章里也出现过"一日长于百年"，那一句是"拥抱无休无止，一日长于百年"。

那一年大家都艰难，我脑子里就会经常浮现出"一日长于百年"这句话。那一年我问浙四医陈亚岗院长，我能做点什么。他说，你在医院放一架钢琴吧，每个人都可以弹奏，我们需要音乐。

那一年他带浙江医疗队奔赴武汉前线，那一年所有的医护人员，在我眼里都是英雄。

那些年每一届天猫双十一晚会，落幕都是用一首诗歌结束的。那一年我在写这个短诗的时候，我就想起这句话。我想表达自己的敬意，我想表达一切都会过去，我想表达逆境中的坚强和每个人永不消失的勇气和美丽。我想我自己首先要乐观。

那一年我写的文案是：

我爱疫情下措手不及的你
像月光深深爱着海洋

我爱疫情下不放弃的你
阳光里都是迷迭香

我爱疫情下微笑的你
手拉手走在夜未央

我爱疫情下认真的你

一天很短　一生很长

这首诗出现在屏幕不久，我就接到马云的电话。

这首诗是你写的吧？

是的。

你写得好，但是如果把最后一句改成"一生很短，一日很长"，就会更好。

我说：是，但我希望不要这么写，大家或许不会理解，大家已经够难了。

我俩沉默片刻，彼此互道晚安。

2024年8月9日中午，我回到烟台，筹备我妈妈的剪纸展。我给我爸爸打电话，告诉他我下午回家。他问我几点，我说说不准，我要在市里吃午饭，反正下午回家，你让我姐回家做晚饭吧。

放下电话，我竟然有些不安，就让司机开车回家。快到家的时候，接到村里的电话，说：你快回来，你爸爸摔倒了。连闯几个红灯之后，我连滚带爬地滚下车，抱住了我昏迷不醒的爸爸。

8月20日，我和邱兵在微信交流"天使望故乡"的一些事宜。我突然跟他说我现在什么也做不了。

我在这段时间蛮恓惶的。一直住在学校，早晚去看我爸。去给妈妈上坟路上就在想，一线之间，这个家就不用回了……这次吓着我了，脑子还没恢复思考能力，现在只能处理简单的文档整理。

8月28日，我妈妈的剪纸展顺利进行了，我想我已经尽我的水平，把这个展办得朴素好看了。宣布开展的时候，飞来很多蝴蝶，翩翩追逐，久久不去。我想她应该是来看这个展览。而我的爸爸也日渐康复，每天询问我何时出院，什么时候能去看展览。

他拉着我的手跟我说：家里还有一些好酒，在院子里的那个小棚子里藏着，你办展的朋友来了拿出来喝，我戒酒了。

我说：这倒不必要，每天喝一小杯。

他说：我每天喝一钱。

我说：一钱酒你知道是什么概念，就是你倒出来一钱酒，举到嘴边，刚要喝的时候，酒已经蒸发完了。

我知道这次意外有多少的凶险。医生对我说，颅骨骨折，颅底骨折，地面要稍微有点不平，就很危险了。是的，十年前，我爸拿出自己的钱，给村里修了一条路，他的要求就是，水泥要铺得厚厚的，地面要平平整整的。

是的，一切都好起来了。就在昨天，邱兵小心翼翼地问我爸爸的身体怎么样了。

我说：好了！

今天8月30日，是我阳历五十周岁的生日。农历七月十四的生日，我和我爸爸错过了。

今天早晨，是我这些天第一次写文章。我的电脑这些天都没关机，我发现在一页打开的文档上，不知道哪一天，写了这么一句话：

"好风知我意，送我上西天"，我随手敲下这句话的时候，精神恍惚极了，我期待这个时候有人跟我交流。

我恍惚到把"好风知我意，送我上青云"和"南风知我意，吹梦到西洲"这些古诗，混杂成混乱而不自觉的状态了。

我记得很多年前，我同样写过一首《一日长于百年》的诗歌。

一日长于百年

鱼在水底　蜘蛛挂在网上

这个安静的晚上

我梦见我的奶奶

她一直站着

询问我的生活

这个苦难深重的老人

告诉我苦难应该结束

还有什么需要坦白

我又一次移开目光

做那个小小的孩子

赖皮地笑

四肢摊开　趴在床上

顺着星光的长索

很多人陆续来到

在老屋里飘来飘去

巡视自己的领地

声音模糊　目光哀伤

谁注意了紫红的挂钟

钟摆沉默一晚

在时间的河流上

她是渡船

与波浪同步　所以永生

很快就热闹起来

办喜事　人人欢笑

打酒买肉　宴席开张

我出门张罗

一步竟跨到另外的村庄

在街上迷路　异常紧张

就这样开始转悠

转来转去　东张西望

担心宴席开张

担心宴席收场

担心黄昏的村庄　带走死亡的反光

找到路是在床上

眼角干干　满嘴苦涩

记得人来人往

记得上坡下坡

记得杂货铺旁的电线杆

一张黄表纸　在黄昏歌唱

"天黄黄　地黄黄

我家有个夜哭郎

过往君子念一遍

一觉睡到天大亮"

　　是的，一切都好起来了，此刻，校园里的喜鹊就在我窗外清脆地鸣叫。而我也第一次一觉睡到天亮。

那么，来吧，让我们拥抱吧，无休无止，紧紧地，让人窒息般紧紧地拥抱！来吧，让我们相爱吧，热烈明快，欢乐奔放，大风吹乱了我们的头发，而太阳永不落山。

莫问世深浅，但愿人长久。

2024 年 8 月 30 日 7 点 13 分。

另外，这次展览我通过当地媒体表达过我对美及故乡的一些看法。感谢他们做了详尽的报道，我觉得有些观点可以和大家分享，整理附录如下：

问：赵忠秋是您的母亲，我看到《赵忠秋剪纸》这本书的封面剪纸是一个象征秋天的花瓶，这是您表达对母亲思念的一种方式，您《慈母手中线》一文提到"干干净净、安安静静"是您对母亲的记忆，您关于母亲以及母亲剪纸的记忆还有哪些？

王帅: 今年我五十岁,而我妈妈去世已经四十年了,我对妈妈不可能有太多具体的回忆。如果有,那最重要的就是小时候妈妈帮我形成的规矩。规矩就是该做什么不该做什么,这是每个母亲给你的最直接、最宝贵的东西。最直接的体现就是做了坏事挨打的记忆了。如果没有了这份规矩,等你自己悟到有所为有所不为的时候,其实可能无法逆转了。

此次来烟台展出的剪纸,都是几年前我姐给我的,夹在一本书里,每张剪纸都很好看,我感觉所有美的东西都是艺术的东西,我就有一个想法,是不是可以做一个剪纸展览?既然做展览,我就想美的标准是什么?

我相信我们烟台有太多心灵手巧的人,可以剪这样的剪纸,但我依然认为她很美。无论名画也好,一个小小的窗花也好,美美与共,各美其美。一首诗写道"苔花如米小,也学牡丹开",一个"学"字就俗了，应该像陈梦家写的那样：一朵野花在荒原里开了又谢了，他看见青天，看不到自己的渺小……

我小时候的晚上，喜欢躺在炕上看墙上我妈妈的剪纸，很漂亮，可惜那些没留下来。

问：在《赵忠秋剪纸》这本书里，每一页不同的剪纸作品，您都用了同一句话："这是谁剪的啊，这么好看；是我妈妈剪的，确实好看。"这句话重复了四十五次，出于什么考虑？

王帅：这就是脱口而出的一句话。有人看到剪纸，就会问这句话，我也这样回答，不断问不断回答。因为剪纸数量只有四十五组，所以这句问答只能印四十五遍，如果能有五百组剪纸，我会照样回答五百遍，这是很真实的一句话，真实的往往是本能的。能有这些剪纸留下来，我已经非常满足了。

问：您和邱兵创办微信公众号"天使望故乡"，您写了一篇《有个人在他乡，但他从来没回来》，引发游子共鸣，在您心中，故乡是什么样的存在？稿子里提到"总想着有一天战士战斗沙场，浪子回到故乡"，如今回到故乡，您认为自己是浪子还是战士？

王帅：回到家乡就是回到父母身边。一个人要承认自己的"软弱"。一个人没有那么坚强，要有疗伤之所，让你安心的地方。乡愁不是一个人坚强的表现，相反是一个人"软弱"的承载之所，是一个人内心的需求，这种需求就是安全感，这种"软弱"在故乡不被人歧视，不认为是缺点，你在其他地方不会有这种自然自在的情绪。

有的人把故乡放在心里，有人把故乡放在背上，"近乡情更怯，不敢问来人"，就有点重了，我觉得故乡实际上是内心的一种自我需要。

问：本次大展是赵忠秋剪纸与芸廷收藏的诸多名家真迹一起展出，布展如何有机融合在一起？母亲剪纸、大师艺术、乡愁情怀，三者之间如何理解？

王帅：美没有高下贵贱之分，美是人的情绪自然表露，剪纸和名家画作不是对立关系，而是平等关系。如果美有高下，那对美的判断的标准或者价值取向就有问题。大师作品当然美，大自然不是更美吗？你内心的品德难道不也是一种美的表现形式吗？我就是说美是平等的。

我补充一句，我这个展览的主题叫作"春风最随美人意"，这是我写的一首诗，后面还有一句"为她开了百朵花"，剪纸是窗花，也是花，我妈妈剪纸不是拿样子照着剪，她是拿着纸要什么样子就直接剪出来。

关于书画展，我在浙江大学跟薛龙春教授有

一堂课叫作实物教学，现在美术专业研究生、博士难有机会接触到书画真迹，当你看到原物，那种气息、书写的材质、上手的感觉都是看复制品无法得到的。

我也知道，那些珍贵艺术品，每打开一次对书画本身都是一种伤害，但我愿意，把这些东西每学期拿出来给学生们看，这些作品既滋养了我，又帮助了年轻人，同时让更多人看到不同的美。如果我放在家里不整理，不出版，不展览，那么我收藏的目的在哪里？有些人收藏秘不示人，我是为了分享。

我最想感谢大家的就是，通过大家的报道，让更多人知道，这个展在鲁东大学博物馆展览一个月，大家都可以近距离感受一下，让更多人知道有这样一个展，这个展还不错，你们有空来看看，也许对你有帮助。

我们都知道做人做事要低调，但是针对这件

事情，我们应该高调得大大方方。

问：刚才聊了剪纸、书画，聊了文学，其实建筑也是一门艺术，您在鲁东大学捐了两栋楼，一栋楼是以您妈妈的名字命名的，另一栋叫子勤楼，有什么样的寓意及设计理念？

王帅：这和我自己想法有关，我觉得过去做的事情记不住了，那过去的时间其实就是不存在。没有记忆的时间不是真正的时间。我相信，过很多年鲁东大学还有忠秋楼在，还有人在这里研究、学习，还有人记住我妈妈的名字，这样对我来说记忆就永远存在，这是我对我妈妈的纪念。子勤楼建设原因很简单，我妈妈的楼放在这里很孤单，那我就建一个小的附楼陪她，所以叫作子勤楼，我要勤快、勤劳一些。

我认为，人生的意义就是让孩子幸福，让父母骄傲。今年中元节，我去上坟了，我把我为我妈妈出版的剪纸书带给她了，然后和她说了很多悄悄话。

问：我看近期您写东西署名变成鲁东大学教师，教师的身份给您带来哪些变化？

王帅：我觉得大学最简单的关系就是师生关系，企业也一样，员工桃李满天下，老板才是好老板，老板一定要培养出比自己还强的员工，企业才可以长久发展。我这个人爱好比较多，收藏、摄影、写作，还要做公司，还要做各种公益，每天一起床一堆事要做，很多很有价值的东西不是在你很闲的时候做出来的，是很忙的时候熬出来的，只有抽时间、挤时间做的事情往往才是最重要的，闲得没事干，那干出来的活是不会好的。

我喜欢有头有尾，还强调过程，我每天给自己加活，每天都在进步，每进步一点就得加点活。我的学生也很优秀，我今年还会带两个，我想到六十岁退休，今年才五十岁，还很年轻，只是长得有点老，我觉得自己还有很多事要做。

问：前几天，在"一食谈"看您写了一篇白菜，画面感很强，您是不是对烟火气情有独钟？另外，在当年你挑三十桶水浇白菜的时候，你觉得白菜是艺术品还是生活重担？

王帅：写白菜是有目的性的，现在很多理论文章太像理论文章了，普通人读不懂，一篇文章后面有六七十个引文，看引文更不懂了，我今年会出一本读画的书叫作《春风最随美人意》，我要用大白话去解读，挑战一下他们的文风和表达方式，到时，写得好，你们鼓掌，写得不好，我自己给自己点赞。

孙犁先生说过，唯一处在苦难当中而不感觉到愁苦的时代是你的儿童时代，小时候很穷，但小孩依然很快乐，所以我觉得我现在还没有长大，该挑水就挑水，不挑水冬天就吃咸菜，没有白菜吃了。

人这一生很奇怪，是孩子的时候不会想那么多。孩子只有一个身份标签：孩子。上小学了身份变成两个，等你到我这个年龄，身上就会有很多标签，这些标签有的是结果，也有的是被别人贴上去的。我现在要做的事情是，希望我身上的标签越来越少，前五十年如果我的标签要写一张A4纸，后五十年我想一个标签两个字就够了：小孩。

再另外，这次展览，我的一些师友针对此写过一些文章。我的堂哥王崇和也写了一篇。他大我九岁，我妈妈去世的时候他已经是青年了，记的事情比我多。我把这篇文章也一并附上。

听见妈妈的声音

王崇和

九婶去世的时候，王帅刚满十岁。四十年后

的今天，已经五十岁的王帅为九婶举办了一场剪纸展览。作为他的堂哥，我可能比别人更清楚这次展览在王帅心中的分量和意义。

对于王帅来说，这与其说是一次展览，不如说是一场跨越时空的母子对话，王帅是想通过这种方式，把四十年来藏在心里的话对母亲说出来，他希望这样的对话能让更多人听到，从而让更多的人知道母爱的珍贵，以及儿子思念母亲的那份刻骨铭心。

九婶是一个普通的农村妇女，但心灵手巧，在我的记忆里，她个子很高，文静、沉稳，话不多。她喜欢干净，尽管日子过得艰难，但家里总是收拾得干净利索，孩子们出门，也总是打扮得整整齐齐。

九婶平日总是坐在窗前绣花，我们一进门，总能看到她抬头笑脸相迎。她做的剪纸是农家过年或婚嫁时用来贴窗花的，亲戚和邻居家有需要的，她就帮忙做一些，在当时，很常见，并没有多么贵重。这么普通的东西能一直保存到现在，是十分不容易的，剪纸虽然普通，但这份对母亲的深情却弥足珍贵。

王帅这些年喜欢上了收藏，陆陆续续收集了不少名家的作品，在这次展览中也展出了一部分，但王帅却把九婶的剪纸放在最前面，就足以说明这些剪纸在王帅心中的价值。

一幅作品的价值往往不在作品本身，而在于其中所承载的记忆和情感，像这样的父母遗物，可能很多人家里也会有。看过九婶的剪纸，回到家里，把父母留下的东西翻出来看一看，睹物思人，重新感受一下父母的温度，就是一次很好的心灵洗礼。

九婶去世的时候，我是在现场的，那也是我第一次目睹亲人的离去。已经处于弥留之际的九婶突然不知哪来的力气，忽地一下从病床上坐了起来，目光炯炯地盯着王帅，清清楚楚地大声对我们说"你们要照顾好他"，这是九婶留在人世的最后一句话。

母爱真的有一种超越生死的力量。至今想起这一幕，仍忍不住热泪翻涌，仅凭这一点，九婶就足以称得上是一位伟大的母亲。

九婶虽然离开了，但以她对孩子的那份爱，她一定不会走远，四十年来她一定还在注视着自己的孩子们，并默默护佑着他们。

这一幕，王帅当然会记得更清楚，这样的记忆对他来说是残酷的，而且这样的痛苦无法对人诉说。这样的感受我也是在父母去世后才真正体会到的。像我这样的年纪，母亲去世后尚会感到迷茫，甚至一度觉得人生没有了意义和方向，何况对于一个十岁的孩子，母亲的离去意味着生活再也没有了依赖。受了表扬谁来高兴？闯下祸事谁来承当？衣服破了谁来补？肚子饿了向谁说？

这一切他只能默默藏在心里，一个人望着天空向母亲诉说。

少年时候的王帅脆弱又敏感，有时候在一起吃饭喝酒，他常常会无缘无故地流泪，这时候，就是想起母亲了。

后来，王帅不再哭了，但关于九婶的话题，对我们却始终是一个禁忌，没有母亲的孩子，小时候是无枝可依，长大后是不知归处，古人讲及亲而乐，一想到自己所有的努力和奋斗母亲都再看不到的时候，那种感受是更加令人痛彻心扉的。

这份痛伴随王帅走过了四十年，折磨着他，也成就着他。踏入社会后，王帅东漂西走，一路拼杀，吃了很多别人吃不了的苦，受过很多别人受不了的罪，有过许多不堪回首的记忆，至今事业有成，在社会上有了一定的名声和地位。

对此，不管别人怎么说，我始终认为，他最大的动力是来自对母爱的渴望，母亲离世前的那一幕深深烙在他的脑海里，他要用自己的努力告诉母亲自己活得很好。

这些年他为家里也做了很多，对两个姐姐，更是情深意切，他所做的这一切都是为了让母亲放心，只有母亲放心了，他自己才会安心。

一个人对于母亲的记忆，往往带有许多想象的成分。天下没有完美的女性，但却有完美的母亲。母亲的这份完美，很多就来自子女的想象和渴望。母亲总是希望孩子好，恨不能把天底下最美好的东西都送给自己的孩子，希望自己的孩子是天底下最好的孩子。其实孩子对父母又何尝不是如此呢？孩子们也希望把天底下最好的东西送给母亲，孩子们也希望自己的母亲是天底下最好的母亲。从这个意义上说，母亲在塑造着孩子，孩子也在重塑着母亲，我们平常喜欢讲母慈子贤，但好的母亲不一定会有好的孩子，而好的孩子一定会有一个好的母亲，一个好的孩子，一定会把世界上最美好的品质和心灵奉献给自己的母亲。

所谓母以子贵，并不是要让母亲拥有多么尊崇的地位和享受，而是在让自己美好起来的同时，让自己的母亲更加美好。这样的母亲，才最真实，因为这就是孩子心中的母亲。

王帅对于母亲的记忆是有许多缺失的，一个十岁的孩子能记住的事情又会有多少呢？这四十年来，王帅一直在凭有限的记忆在心底重新描摹着自己的母亲。他喜欢读书，他习惯把书中那些美好的女性和母亲联系起来，他觉得自己的母亲就应该是这样的。

四十年的时间，足以消磨掉一切，也足以把那些无法消磨的，打磨得鲜美、光亮。随着个人的成熟和对世界理解的不断加深，母亲的形象也一点点在他心中完美起来。王帅是用四十年的时间在心中重塑了自己的母亲，他的母亲是完美的，是天底下最好的母亲。

这次展览，王帅让我们看到的就是他心中那个最美的母亲。看到这样的母亲，我们每个人也许都会发现，自己内心深处也有这样的一个母亲。

　　去年清明节的时候，王帅写了一组献给母亲的诗，诗中多有这样的句子："妈妈，我想靠你坐下"，"妈妈，我想和你谈谈"……

　　小时候的王帅活泼、调皮、可爱，喜欢不停东问西问，读他的这组诗，我眼前仿佛又浮现出这样的画面：一个牵着母亲手的小男孩，在乡间土路上蹦蹦跳跳，一路上问题不断。

　　"妈妈，我们这是要去哪儿？"

　　"妈妈，这朵花为什么这么好看？"

　　"妈妈，你累不累？"……

　　在这一刻，我们每个人仿佛都能听到自己母亲的声音从空中飘来。

图书在版编目（CIP）数据

当时只道是寻常 / 王帅著 . -- 北京：作家出版社，2025. 3. -- ISBN 978-7-5212-3219-6

Ⅰ. Ⅰ267. 1

中国国家版本馆 CIP 数据核字第 2025EK3497 号

当时只道是寻常

作　　者：王　帅
书名题字：刘树勇
插画设计：Susie　Luna
责任编辑：朱莲莲
封面设计：张子林
出版发行：作家出版社有限公司
社　　址：北京农展馆南里10号　　　邮　　编：100125
电话传真：86-10-65067186（发行中心）
　　　　　86-10-65004079（总编室）
E-mail:zuojia@zuojia.net.cn
http://www.zuojiachubanshe.com
印　　刷：河北京平诚乾印刷有限公司
成品尺寸：130×185
字　　数：90千
印　　张：6.625
版　　次：2025年3月第1版
印　　次：2025年3月第1次印刷
ISBN 978-7-5212-3219-6
定　　价：58.00元